砂漠の蜜愛

CROSS NOVELS

松幸かほ
NOVEL:Kaho Matsuyuki

祐也
ILLUST:Yuuya

CROSS NOVELS

CONTENTS

CROSS NOVELS

CONTENTS

砂漠の蜜愛

Sabaku no Mitsuai

CROSS NOVELS

1

「三浦《みうら》さんが携《たずさ》わっていらっしゃるお仕事の意義や、重要性については充分承知しておりますが、何分不況が長引いておりますので……」

静かなオフィス内にある簡易の応接スペースで、目の前の男が言いづらそうに言葉を口にする。それに対し、三浦樹《いつき》は穏やかな表情に少し困ったニュアンスを混ぜて、頷《うなず》いた。

「ええ、それは私共も重々承知しております。どの企業も、今や生き残り戦といっていい状況にありますから」

樹の言葉に、男は少しほっとしたような様子を見せる。その男に樹は言葉を続けた。

「ですが、私共も現地で活動をしている仲間のために――日本にいては想像することさえ困難な状況で活動をしている彼らのために、支援を行わなければなりません」

「もちろん、それは理解しておりますが……」

言葉を挟もうとした男を、樹は軽く相手を制するように右手を押し出し、続ける。

「そのために、今回お願いしたいのはこちらのオフィスに設置されている自動販売機のコーナーの横に募金箱を設置させていただけないかということなんです」

「募金箱、ですか……」

それ相応の寄付金を要望してくると思っていたらしい男にとって、樹の申し出は意外だったらしく、拍子抜けしたような顔になった。

「こちらの自動販売機を見せていただいたところ、紙コップのものなら八十円から販売されていますので、百円で二十円のお釣りが出ます。心ある人が、そのお釣りをそこに入れて下さればと」

「それくらいのことでしたら……」

承諾の返事に樹は薄く笑みを浮かべた。

樹の整った容貌は表情一つでガラリと印象を変える。表情を出さずにいれば、怜悧《れいり》な月のようだが、こうしてほんの少し笑むだけで大輪の花が開くようにさえ感じられる。

「ありがとうございます。では、明日にでも募金箱を設置させていただいてよろしいでしょうか？」

樹の容貌に一瞬心を奪われていた男は、その言葉に慌《あわ》てたように頷いた。

「え、あ、はい。こちらとしましても、なんとかご協力できるよう、朝礼で積極的に募金をするように社員に声をかけさせていただきますので」

「そうしていただけるととても嬉しいですが、あまり強制的にはなさらないで下さい。あくまでも善意でお願いしたいので」

樹はそう言った後、明日再び来る旨と礼を言ってオフィスを後にした。

外に出ると、まだまだ厳しい残暑の熱気が体を一度に包み、その暑苦しさと思うようにいかない資金調達にため息が出た。

樹は発展途上国などに医療団を派遣させるNGO団体に所属している。

医師ではない樹の仕事は、実際に現場にいる医療団への医療品を始めとした物資等々を送るための資金調達なのだが、それらはここ一年ほどまったくうまくいっていない。

今月末に送る物資を購入する金額の半分にやっと到達したところという現状にあっては、ため息もつきたくなる。

「ここは現物支給を狙って医薬品関係に行ってみるか……」

腕時計で時間を確認し、樹は顔なじみといっていいほどの関係になっている医薬品会社へと向かった。

一通り回り終えて事務所へと戻ったのは六時前のことだった。

「お疲れさま」

迎えてくれたのは事務所の所長である井沢《いざわ》だった。年齢は四十手前だが、髪に白いものが目立つせいでもう少し年かさに見える。しかし、陽気でいい先輩だった。

「寄付の方、どうだった?」

その問いに樹は頭を横に振る。

「芳《かんば》しくないですね。とりあえず、十万円寄付して下さったところが一件ありましたけれど、それ以外は四カ所で募金箱の設置を了承してもらえただけです。それから、シンエイ薬品で消毒薬とガーゼ、包帯なんかの消耗品を援助してもらえることになりました」

樹の報告に、井沢は少しほっとした顔になる。

「なんだかんだ言っても、手ぶらでは帰ってこないってだけでも頼もしいよ」

「そうそう、私なんか募金箱の設置をお願いするので精一杯でしたよ。まったく、不況って嫌になりますよね」

樹と同じく朝から資金協力を頼みに回っていた田口《たぐち》がため息交じりに言う。

「不況は確かに深刻ですね。バブルがはじけて以降、景気が回復基調だと経済白書に記された時期も確かにありましたけど、それを実感する前にリーマンショックに呑み込まれましたからね。それに、もともと日本はボランティア活動や、寄付といったものに対しての取り組みが積極的ではありませんでしたから、それも援助に踏み切ってもらえない原因にもなっていますね」

樹の言葉に深く頷きつつ、井沢は口を開く。

「唯一の救いは円高だってことだけか。今回もユーロ圏の事務所に物資を準備してもらって代金を振り込む形にすれば多少は安くあげられるだろう」

樹が所属している団体は日本で旗揚げされたものだが、似たような組織は世界各国にある。それらの組織は相互協力をすることも多く、物資に関しては一番安く購入できる国に調達を頼み、その代金を支払うという形にすることも多い。

だが、必要になるのは物資だけではない。

運営費などはどうしても現金が必要になるのだ。

「俺らの給料は、まあ内職かバイトで稼ぐことにすればいいだろうしな」

井沢はそう言って笑う。

「バイトかぁ。やっぱり、私はこの美を武器にバニーガールでもやるべき？」

田口が妙になまめかしいポーズを取って、カモォン、と指を小指から順に折り曲げて手招きをして見せるのに、

「バニーちゃんがあと十年若かったら、通い詰めたんだけどなぁ」

井沢はさらりと失礼な発言をした。

「何言ってるんですか、果物で肉でも、腐る寸前がおいしいんですよ？」

今年の誕生日でアラサーからアラフォーへと進化する田口は、妙に自信たっぷりな様子で返したあと、視線を樹へと向けた。

「三浦さんも、その美貌を生かしてホストってどう？」

それに樹は苦笑した。

「美貌って……。俺なんかじゃ全然だめですよ。俺は地味に裏方をやってるのが似合ってます」

「またまた、そんな謙遜しちゃって。羨《うらや》ましいわぁ、その白い肌とか」

「謙遜じゃないですよ。肌が白いのは認めますけど『色の白いは七難隠す』って言いますから、俺もそれで粗《あら》が隠されてるだけです。それに、本当に綺麗な人っていうのはうちの二番目の兄みたいなのをいうんですよ」

樹のその言葉に『二番目の兄』を、写真でだが見たことのある二人は、同時にああ、と納得したように頷いた。

「また出た、ブラコン。でも、ちょっとびっくりするくらい綺麗な人だったわよねぇ」

「『綺麗』っていう存在そのものって感じはあるな。かといって、女性的ってわけでもなくて、男だってちゃんと分かるんだけど」

井沢はそこまで言って、

「おまえの兄ちゃんで思い出した。樫尾《かしお》さんからメール入ったぞ」

そう続けた。

「樫尾さんから？　メールには、なんて書いてありましたか？」

物凄い勢いで食いついた樹に、井沢は苦笑する。

「自分で見ろよ」

そう言って、メールソフトを立ち上げてそのメールを表示させると井沢は樹に席を譲る。

樫尾は、樹の『二番目の兄』である譲《ゆずる》の幼稚園の頃からの親友だ。

三人兄弟の末っ子に生まれた樹は、一番上の兄である悟《さとる》とは一回りも年が離れていたため子供の頃はほとんど接点がなく、大学に入ると同時に実家を出て下宿生活を始めたこともあって、顔を合わせる機会さえほとんどなかった。

そのかわりというわけではないが、七つ上の譲は樹をとても可愛がってくれ、状況が許す限りは出掛けるときには樹を伴ってくれた。そして、譲の親友である樫尾も樹を可愛がってくれて、樫尾はもう一人の兄とも呼べるような存在なのだ。

譲と樫尾には夢があった。

それは、将来医者になり、途上国への医療援助を行いたい、というものだった。

病院のない村や地域に病院を作り、できる限り多くの人を手助けしたい。

その夢のために、譲と樫尾は医者になり、樫尾は現在、途上国に赴き医療活動を行っている。

子供の頃から二人の夢を聞いていた樹も、いつしか二人の夢が自分の夢になり、こうしてNGO職員として頑張っているのだ。

樫尾からのメールは、現地で不足している物資について書かれ、最後に『そちらも資金集め等、大変だと思いますが、よろしくお願いします』という、樹たちをねぎらう言葉で終えられていた。

「樫尾さんの方が、大変なのに……」

樹はぽつりと呟く。

樫尾が今、活動をしている中東の地域では、部族間での争いが絶えず長く内戦が続いていた場所だ。

二十年以上前、譲と樫尾がテレビでその地の光景を見て「将来医者になり、この地で医療活動を」という人生の目標を抱いた、特別な場所だ。

それから時が経ち、今は一応、非戦闘地域という区分になっているが、それでもいつ再び戦闘が再開されるか分からない危険な地域になっている。

ベースにしているテントから、車で他の村に出向き治療を行うことも多いが、その道中でさえ地雷や略奪団などの危険が横行していた。

物資も設備も潤沢ではないのに、自分が大変だということは一言も書いていないのだ。

「現地で命を張ってる樫尾さんたちのためにも、俺らももっと頑張らないとな」

「本当にそうですね」

井沢も田口もしみじみと言った。

「募金箱を置いてもらえるだけでもって、日和《ひよ》ったことで満足してた部分もあるけど、本当にもっと頑張らないとだめですよね。目標は、病院の設立なんですから」

今はテントでの医療活動だが、ちゃんとした設備を整えた病院を設立し、将来的には現地から医者となる人材を育て、医療活動を根付かせる——というのが最終目標なのだ。

だが、今は病院の設立どころか要請される物資の買い付けにさえ困る有り様で、その夢はかなり遠いところにある。

いや、半年前まではそうではなかったのだ。

すでに寄付金は少なくなっていたが、それまでにプールしていた分があった。一部を運用に回してもいた。

だが、半年前のある日、経理を担当していた人物が金を持って逃げたのだ。

怪しげなパブで働く外国人の女性に入れあげて、資金の半分以上を貢いだあげく、残金を持って逃げたのだ。

三カ月前に自殺しているところを発見されたが、持ち逃げされた現金はどこにもなかった。

不幸中の幸いは、別に管理していた資金があったことだ。

それでこの半年はなんとかつないできた。

だが、それもここにきてかなり厳しくなっている。

事務所には他にも何人も人がいたが、一人二人と減って行き、今ではここにいる三人以外に後二人がいるだけだ。

井沢が言った『給料はバイトか内職で』という言葉は、決して冗談だけではないのだ。

——実家暮らしの俺はいいけど、井沢さんは奥さんいるし、田口さんだってお母さんの体の具合悪いって言ってたし……。

自己犠牲などというつもりではないが、今の局面を乗り切るためにはある程度の我慢も必要になる、と樹がそう思った時、カバンの中で携帯電話が着信を告げた。

もしかすると、今日寄付を頼みに回った企業からかもしれない、と樹は急いで電話を取り出す。

だが、液晶画面に表示されていたのは永瀬《ながせ》という男の名前だった。

「もしもし」

当てが外れて、少しがっかり、といった気持ちで電話に出ると、永瀬はその声のトーンを敏感に感じ取ったらしい。

『俺からだったからって、テンション下げんなよ』

苦笑交じりに言う。

「悪い、今日、回ってた企業からなんかいい返事でももらえるのかと思って期待してたからさ」

『期待裏切って悪かったな。その詫びってわけでもないけど、ちょっといい情報だぜ』

「何？」

『エルディア王国の殿下、覚えてるか？』

「アーディル・アル＝ザイディー殿下か？」

『ああ。っていうかおまえ、名前省略しすぎだろ』

永瀬は笑って言った後、すぐに続けた。

『来週、来日予定だ。何かの役に立つかもしれないから、一応耳にだけは入れておく』

「……助かるよ、早速アポを取ってみる。ありがとう」

『うまく会えるよう、祈っててやるよ。じゃあな』

永瀬はそう言うと電話を切った。

「朗報か？」

やり取りを聞いていた井沢がすぐに聞いてくる。それに樹は頷いた。

「中東にあるエルディア王国の王族の方が、来週日本にいらっしゃるそうなんです。幸い、面識がありますので会えるようアポイントを取ってみます」

「中東ってことは、いわゆるアラブの王様？」

田口が身を乗り出してくる。

「いえ、殿下自身は第三王子でしたから、将来国王の座に、ということはないかと思います」

「殿下！　第三王子！　私の人生じゃまず出会わない人だわ。さすがは元外務省職員ね……」

嫌みではなく、純粋に感動した様子で田口は呟く。それに、樹は苦笑した。

田口が言った通り、樹は外務省に勤務していた。

譲と樫尾の夢をバックアップするためには、海外の事情に通じている必要があると思ったからだ。それで外務省に勤務したのだが、職員としてそこでできることには限界があることに気づくのにはそう長くはかからなかった。

樹は仕事を通じてできるだけ国内外の富裕層とコネクションを築き、昨年、四年勤めた外務省を退職して樫尾も所属しているこのNGO団体に入ったのだ。

アーディル・アル＝ザイディ――正確にはアーディル・ビン・マルズーク・ビン・イーサ

ー・アル＝ザイディー殿下と出会ったのは、外務省に入った翌年だった。

来日したアーディルを歓迎するために開かれたパーティーに樹も参加することになり、その際にアーディルに話しかけられたのだ。

美しい英語を話すアーディルは、とても気さくな性格だった。

その時に親しくなり、その後二度、滞在しているホテルに呼ばれ、短時間だが話相手を務めた。

その際にアドレスを交換し、グリーティングカードをやり取りするようになった。

やり取りと言っても、樹から送るカードのメッセージは、お元気ですか、程度のあくまでも外務省職員としての範疇《はんちゅう》を出ない内容のもので、アーディルから来るのも特に直筆コメントがあるというわけでもない、印刷だけのビジネスライクなものだ。

樹とは違い、公私共に合わせれば膨大な数のカードをやり取りしているだろうアーディルが、一外務省職員でしかない樹のカードにまで目を通しているとは思えなかったが、富裕層とのコネ作りの必要性を感じていた樹は、カードを送り続けていた。

退職する時にも、一応カードは送ったし、退職後初めてのクリスマスには今の仕事のことをメッセージに添えておいた。

「面識があるって言っても、前回の来日の時に少し会っただけなので自信はないんですけどね。頭の片隅にでもちらっと覚えててもらえたら助かるんですけど」

樹は言いながら、自分の机に戻りパソコンを立ち上げる。

アーディルとは住所――とは言っても、アーディルは経営している会社の住所で、樹は当時は外務省宛で、退職後に実家の住所を伝えたのだが、それ以外にもメールアドレスも交換した。

だが、なんとなくメールアドレスにいきなり連絡をいれるのはなれなれしすぎる気がして、相手からメールで連絡があれば返信しようと思っていたが、その機会もないまま今に至っていた。

ただ、来日が来週というこの状況で手紙では遅い。

樹は初めてメールでメッセージを送ることにした。もっともそのアドレスも、プライベートなものではなく、グリーティングカードに記載されているビジネス用のものだ。

――殿下本人が見るより先に、秘書か誰かが見て重要度別に振り分けるってことも考えられるよな。

そのためには、重要だと思わせなくてはならない。

樹は頭を悩ませて、来日時に是非会いたい、という非常に単純な内容を、秘書では重要かどうか、判断がつきかねるように少し前回来日時の思い出も少し交えつつ、しかし基本的なビジネス文書の範疇を出ないようにして書く。

「神様、どうか返事が来ますように。できれば、いい返事が。――ぽちっとな」

胸の前で指を組み、祈りを捧げた後で樹は送信ボタンを押した。

――殿下が、メールを見てくれますように……。

画面に表示された『送信完了』の文字を見ながら、樹は胸の中で真剣に祈った。

◇◆◇

翌週、樹は都内にある高級ホテルのロビーにいた。

アーディルに会うためだ。

幸運なことに、樹が送ったメールの返事があの翌日に届き、用件の詳細を問われた。迷ったものの、現在携わっている仕事についての相談がしたい、と仕事の内容について書いて返信した。はっきりと書いたわけではないが、寄付を募りたいのだということは分かっただろうと思う。金の無心だとそのまま黙殺されるかもしれないと思ったが、短時間でいいならと時間を割いてもらえたのだ。

アーディルはこのホテルの特別貴賓室のあるフロアを借り切って滞在している。連れて来ている従者やボディーガードなどの数を考えれば妥当と思える行為だが、一般的な感覚からは掛け離れている。

フロントで来たことをアーディルに告げてもらうと、ややしてスーツ姿の外国人が迎えに現れた。隙のない身のこなしと、スーツの上からでもはっきりと分かる鍛《きた》えられた体躯にボディーガードだということは分かった。

名前を確認され、身分証明に運転免許証を提示する。それで確認はできたようだったが、エレベーターでアーディルが滞在しているフロアに到着してから、アーディルの部屋に行くまでに二度、ボディーチェックを受けた。

以前はノーチェックだったが、あれは外務省職員だったからなのだろう、と樹は思う。

ようやくアーディルの部屋の前まで来ると、そこにはスーツに頭布をつけた見覚えのある男が立っていた。年齢は四十は越えているだろうが、五十まではまだ間がありそうだ。

「元外務省職員の三浦樹さんですね」

問う声に樹は頷いた。

「はい。お久しぶりです、以前殿下がいらした時にも確か同行を……」

名前はどうしても思い出せなかったが、従者としてついていた男だ。

「それが務めですから。どうぞ、殿下がお待ちです」

男はそう言うと無表情でドアを開け、樹を通す。

ホテルの室内にしては長い廊下を進み、突き当たりのガラスのはまった扉が開かれると、そこに樹が会いたいと願った男はいた。

褐色の肌に、黒い髪。黙していると冷たく見えそうなほどに整った美しい顔立ちは、見る者の目を奪う。

従者とは反対に、ゆったりとした民族衣装を纏《まと》っているものの頭布はなく、くつろいでいた様子だ。

「アーディル様、三浦様がいらっしゃいました」

「見れば分かる。久しぶりだな、樹」

滑らかで耳触りのいい声で短く言ったアーディルは、口元にどこか皮肉げに見えるような笑みを浮かべた。

ファーストネームで呼ばれたことに多少驚いたが、始めて会ったパーティーの途中からすでにそう呼ばれていたことを思い出す。

「ご無沙汰しております。殿下におかれましては御健勝でいらっしゃるご様子で何よりです」

樹が恭《うやうや》しく挨拶《あいさつ》をすると、アーディルは薄い笑みを浮かべた。

「そのまま社交辞令的な挨拶が続くなら、省略してくれてかまわない。何しろ、昨日の夕刻に到着してから似たような挨拶を繰り返されて作り笑いを浮かべるにも限界だ。こちらに来て、座れ」

横柄とも思える物言いだが、以前も帰国前には似たような態度だった。樹を気取らなくてもいい相手として認識しているからだろう。

「失礼します」

とはいえ、樹はアーディルと決して対等ではない。相手は王子なのだ。一応断りをいれ、アーディルが座している三人がけソファーの前にある一人がけに腰を下ろす。それと同時に従者の男は部屋を後にした。

　アーディルは確かめるように樹の顔を見た後、口を開いた。

「以前来た時は春だったが、この季節の日本も素晴らしいな。日本には四季がある、とよく紹介されるが、確かにそれぞれの季節の特徴が顕著だ」

「そう言っていただけると日本人としてとても嬉しいですが、纏わり付くような湿度の高さはお困りでは？」

「ああ。気温が高いというだけなら私の国でも大概だが、湿度が伴うとまるでサウナの中にいるようだ。日本人の忍耐力は、こういった夏の厳しさを毎年乗り越えることでできているのかと思うほどだ」

　その言葉に樹は苦笑する。

「特に今年は残暑が厳しいですから。あと一カ月もすれば、随分《ずいぶん》と過ごしやすくなって、木々も色づき始めるんですが」

「では、次に日本に来る時はそうなるように調整しよう」

　アーディルはそう言って、思い出したように話を変えた。

「そういえば、外務省を辞めたそうだな。確か、今は医療ボランティア関係の団体に所属しているとか」

「はい。発展途上国や紛争地帯の無医村地域で医療活動を行う医師のバックアップをしています」

「随分な転身だな。外務省に残っていれば出世しただろうに」

理解し難い、といった様子でアーディルは言う。

「出世ができたかどうかは分かりませんが、もともと外務省にいたのは、すでに医師として無医村地域に赴いている知人の活動を支援できないかと思ってのことでしたので。——思ったほど、支援できないと分かったので、結局退職したんですが」

樹はそこまで言って、カバンから持参した資料を取り出し、テーブルの上に置いた。

「これが、現地で活動している友人です」

添付した写真に写っているのは樫尾だ。日に灼けた肌、不精髭、中途半端に伸びた髪。ひざの上を子供たちに占領され、満面の笑みを浮かべている。

日本にいた時はどちらかといえば普通よりも少し線が細いと感じるタイプだったが、今ではすっかり精悍《せいかん》な男という雰囲気だ。

「友人にしては、随分と年上のようだな」

写真にちらりと目をやり、アーディルが問う。

「七つ年上です。三年前から無医村地域での活動に出ていて、昨年からはラジュクークで活動しています」

「ラジュクーク……また物騒なところだな」

アーディルの母国のエルディア王国は、ラジュクークと同じ中東だ。樹などよりよほど現地のことに詳しいアーディルが『物騒』だと口にするということは、やはりよほどなのだろう。

「現地から定期的に連絡が入りますが、多分、そういったことから私たちが想像しているより、もっと様子は酷《ひど》いんでしょうね」

「どんな想像をしているのかが分からないから、なんとも答えられないが、内戦が終わったといっても、あくまでも市街地での大っぴらな銃撃戦や、昼夜を問わない砲撃がなくなったという程度で、実際には無法地帯だ。その日に食べるパンのために人を殺すことなど、珍しくもないと聞いている」

「そんなに…」

「暫定政府が置かれているが、まだちゃんと機能していない。ラジュクーク内戦は、二つの民族あわせて大きな五つの部族と小さな幾つかの部族によって起きた戦だ。二十年以上もめていたんだ、休戦協定が結ばれたからと言って、そう簡単に落ち着く話ではないし、暫定政府の主要メンバーがある一部族に片寄っているため、他の部族もおもしろくないだろうからな。支援に向かうなら、もう少し落ち着いてからの方がよかっただろうな」

アーディルは淡々と話す。

「内戦が始まって少ししたころ、日本で現地をレポートした映像が紹介されました。そう長いものではなかったと思います。私は幼稚園くらいで、破壊された街の光景に恐怖を覚えただけだったんですが、一緒に見ていた私の兄と樫尾さんは、同じ年頃の子供が否応なく戦争に巻き込まれて行く様を目の当たりにして、何かをしたいと強く思ったそうです。中でも、病院が破壊されて、日本でなら死ぬようなケガや病気ではないのに、手当てができずに命を落としていく人々を見て、医者になろうと決めて……。休戦協定が結ばれて、やっと外国人の援助の受け入れが始まったので、樫尾さんはようやく夢に近づける、とそう言っていました」

譲と樫尾は小学校高学年だっただろう。その頃から一途に夢を追っていたのだと思うと感慨深いものがある。

もちろん、樹も同じ夢を追っているのだが、どこか二人の夢に乗っかったという感じがあるのだ。

「現地での医療活動が夢、か。尊い志だな」

アーディルの言葉に樹は、

「夢の最終目標は、破壊された病院を建てることなんです。今はテントでしか活動ができていません。満足な治療ができているとは言えなくて、やはり命を落とす人も多いんです。設備を整えた病院があれば、もっと多くの人が助けられます。それで、殿下に是非、病院建設のスポンサーになっていただけないかと」

会いに来た目的を、口にした。しかし、アーディルの返事は、

「断る」

たったそれだけだった。

その返事に樹は目を見開いた。

「なぜですか……？　尊い志だとおっしゃったではありませんか」

少しは、理解してもらえたのだと思った。だから切り出したのだ。

「言った。だが、私が支援をする理由が見当たらない。あの地域での紛争は、我が国では『愚か者たちの戦』と呼ばれている。我が国も同様に二つの民族とそれに連なる部族から成っているが、民族間の大きな争いはない。互いの文化や歴史を尊重しあっているからだ。それさえできず、後のこと考えず街を破壊しつくし、ライフラインも寸断して――休戦してもなお小競り合いを続けている。すべては自分たちで行ったことの結果だ」

アーディルの言葉は冷たいものだった。

「でも、同じ中東地域の国で起きていることです。確かに、戦いを行ったのは彼らです。戦闘で命を落とし、ケガをしても、それは彼らの自己責任かもしれません。ですが、ケガをした人すべてが、戦闘に参加をしていた人ではないんです。幼い子供は、常に巻き添えです。そして、命を落とす確率が高いのも、子供です」

「確かに不幸だとは思う。君は中東地域で起きていることだから、同じ地域に暮らす私に資金を出せというが、君が暮らすこのアジア地域でも、問題は山積していると思う。君が私の立場だったとして、それらのすべてに対して同じ地域に住んでいるというだけの理由で資金を提供するか？」

アーディルの問いに、樹は答えられなかった。

答えられなかっただけでなく、自分がアーディルを説得しようとした言葉の浅さに口が開けなかった。

むしろ、あんな言葉で説得できると思った自分が、恥ずかしくて仕方がなかった。

黙ったままの樹に、アーディルは言った。

「ビジネスとして成立しない話には乗れない。それが、答えだ」

「確かに、ビジネスとしては成立しないかもしれません。ですが……」

ここで話を終えられるわけにはいかなくて、樹は焦《あせ》って言葉を続けようとする。だが、適当な言葉が何も見つからなかった。

だが、気まずいほどの沈黙がくる前に、ドアをノックする音がし、先程の従者の男が入ってきた。

「殿下、そろそろ会食のご用意を」

「もうそんな時間か」

アーディルは時計に軽く目をやって、小さくため息をついた。

「もう少し時間を取るつもりでいたんだが、スケジュールに変更が出た。悪いな」

「いえ……」

社会人の礼儀として、本来であれば『お会いできただけでも光栄です』というような言葉を付け足すのが普通なのだが、どうしても樹にはできなかった。

会えただけ、では意味がないのだ。

それに、このままではマイナス印象のままで終わってしまう。

「滞在中のスケジュールは、やはりとてもお忙しいんでしょうね」

それとなく探りを入れた。

「眠る時間を削ってまで、というようなスケジュールにはしていないがな」

軽い口調でアーディルは言ったが、結構ギュウギュウにスケジュールが組まれている、という話だ。

「お体にお気をつけになって下さい」

樹はそう言って頭を下げる。

次の予定が入っている以上、長居はできず樹はそのままホテルを後にした。

——失敗した……。

ホテルを出て、事務所へと向かいながら樹は自分の不用意な発言を後悔していた。

来週送る物資を購入するための資金がまだ調達できていないこともあって、アーディルに会えたこの機会を逃してはいけないと焦って、思慮を欠いた。

「……くそっ!」

人の良心に付け入るような真似を、どうしてしてしまったんだろう。

押し寄せる後悔を拭《ぬぐ》いされぬまま、樹は事務所に戻った。事務所には井沢と田口がいた。

今日、アーディルと会うことは二人も知っていて、吉報を待ち望んでいた様子だったが、帰って来た樹の様子から交渉はうまくいかなかったことを悟ったらしい。

短く『お疲れさま』とだけ言って、それぞれの仕事をし始めた。

落胆しただろうに、何も聞かないでくれる二人の気遣いをありがたく思いながら、樹は自分の机に向かう。

――もっと、他に話の仕方はあったはずなのに……。

きっと誤解された。

金のためだけに会いに行ったと――いや、実際そうなのだが、しようとしていることに対しての理解をしてもらうために援助の話を持ち出したのは、最悪だった。

その上、同じ地域に住んでいるのだから、とごり押しのようなことまで言った。

――とりあえず、失礼なことを言ったと謝ろう。

パソコンの電源を入れ、メールソフトを立ち上げると数件のメールを受信した。

そのメールの中に、アーディルからのメールが含まれているのを見つけ、樹は目を見開く。

『話の途中で帰らせるようなことになって、悪かった。

滞在中にもう一度時間が取れるよう、調整させるつもりだ。

また後で連絡する。』

短い文面だったが、アーディルがまた会ってもいいと思ってくれていることだけは確かなようだ。

――まだ、チャンスはあるのかもしれない……。

アーディルが時間を取ろうとしてくれているということは、樹の話を聞いてくれるつもりなのだろう。

その気持ちがあるなら、会えなくても、今日持って行ったものよりももっと詳しい資料を作って渡せば、読んでくれるかもしれない。

そう思うと、急に目の前が開けた気がした。

樹はとりあえず、今日の非礼を詫びるのと同時に、連絡を待つ旨をできる限り丁寧に書いて返事を送る。

そして、資料の作成を始めた。

現地でどれだけ医療活動が待ち望まれているか、そのために拠点となる病院がどうしても必要であるということを、決して押し付けがましくならないように気をつけながら、これまでに治療が行われたカルテのデータをもとに書き込んでいく。

もちろん、就業時間内で終わる作業ではなく、樹は家に持ち帰って明け方までかかって資料を作り上げた。

その資料を持ってアーディルの滞在するホテルを訪ねた。アーディルは不在だったため、フロントに渡してくれるように頼んだのだが、アーディルサイドから指示がない人物からの品物は預からないように命じられていると言われた。

幸い、昨日会いに来ていたことをそのフロントも覚えてくれていて、部屋に従者が残っているから聞いてみると言ってくれた。

フロントは連絡を取り終えると、直接取りに来ると言っているから待つように指示され、ロビーで待っていると昨日、アーディルの部屋で会った従者が現れた。

「お待たせしました」

一応そう言うが、待たせて悪い、などと思っている様子はないし、悪いと思われるほど待ってもいない。形式的な言葉だ。

「すみません、事前に連絡もなく」

樹はそう言ってから、作成した資料を入れた封筒を男に渡した。

「これを、殿下にお渡ししていただけますか？　昨日お渡しした資料では不十分だと痛感致しましたので。お忙しいと思いますが、目を通していただければと思います」

「分かりました、お渡ししておきます。殿下から、スケジュールを調整するよう言われておりますが、まだ正確なお返事を差し上げることはできません。殿下が日本を発たれるまでの間で、三浦様の都合の悪い日はございますか？」

事務的な響きの声で男は問う。

「いえ、遠出をする予定は入っておりませんから。……殿下は確か、週明けに日本を発たれると伺っておりますが」

「その予定です」

「ご連絡をお待ち致しております。殿下によろしくお伝え下さい」

樹がそう言って頭を下げると、男は思い出したように持ってきたメモ用紙を樹に渡した。

「私の連絡先です。基本的に連絡は私が請け負っておりますので、こちらの番号とアドレスからすることになります」

メモを開くと、そこにはメールアドレスと電話番号、そして名前だと思われるアルファベットが書かれていた。

「リャルド…さん?」

確認のためにアルファベットを読み上げてみたが、昨日、アーディルが呼んでいた名前とは違うことだけは分かった。それを男はすぐに訂正する。

「リヤードです」

「リヤードさん、ですね。分かりました、こちらの番号とアドレスで登録させていただきます。私の連絡先は……」

「昨日、殿下にお渡しになった資料と一緒に名刺がございましたから、大丈夫です」

もともとなのか、事務的な口調でリヤードは言う。余計な話は一切しない、とでも言うような感じだ。

樹にしても、リヤード相手に長く話をしても仕方ないことは分かっているので、

「では、よろしくお願いします」

そう言って小さく頭を下げると、ホテルを出た。

——なんか、ちょっと苦手だな……。

胸の中で小さく呟いて、樹は事務所へと向かった。

連絡をする、と言われたものの、何の音沙汰もないまま三日が過ぎた。

明日の朝、アーディルは帰国してしまう。

金銭がからむ話だし、連絡を待てと言われた手前、じっと待っていたのだがさすがにこれ以上は待てなくて、樹は思い切ってリヤードに電話をしてみた。

時刻は午前十時を回ったところだ。

迷惑になる時間でもないだろう。

数回のコール後、電話がつながった。

「もしもし、リヤードさんですか？」

ドキドキしながら、口を開く。

『ミスター三浦、ちょうど連絡をしようとしていたところです』

聞こえてきたのは、この前と同じ事務的な口調だった。

『今日の夜、時間を取りました。殿下は大使主催のディナーに出席なさった後、お会いになります。予定では午後九時にお戻りの予定ですので、九時半にホテルに来ていただけますか？　フロントに話を通しておきますので』

「ありがとうございます……っ。では、九時半に伺いますので」

再び与えられたチャンスに、樹は嬉しさで胸がいっぱいになる。

井沢や田口には、アーディルともう一度会えるかもしれないということは伏せていたので、電話の後で知らせるとかなり期待のこもった視線を向けられた。

「でも、あまり気負うなよ」

井沢はそうも言ってくれたが、チャンスを逃せない、という気持ちの方が樹には強い。

約束の時刻まで、他の仕事もこなしながら樹は話の進め方などを必死で考えた。


指定された時刻にホテルに赴くと、ロビーにはリヤードが下りて来ていて、そのまますぐに部屋へと通された。

前回と同じく、リビングのソファーにアーディルは座していたが、先日よりも少し疲れている様子だった。

「お疲れのご様子ですね」

「来るのが久しぶりだったからな。気が付けば予定していたよりも会う人数が増える。日本で本格的にビジネスを考えているから、むげに断ることもできない」

口元に、少し苦い笑みを浮かべてアーディルは言うと、そのまま続けた。

「先日、届けてくれた資料には一応目を通した」

「ありがとうございます」

「樹の熱意はよく分かったが、ビジネス性はどうしても薄いな」

アーディルは乗り気ではなさそうだが、ビジネス性が『ない』と切って捨てる様子ではなかったので、樹は少し押してみた。

「確かに、殿下のおっしゃる通りビジネスとして捉えた場合、病院単体では採算性は低いと思います。特に今現在、あの地域の患者に治療費は請求できない経済状況ですから、数年は採算は考えられないと思います。ですが、総合的に考えて、決して殿下のビジネスにマイナスにはならないとも思います」

「どういうメリットがあると？」

「人道的支援を行うことで、企業がその名を高めるというのはよくあることです。世界各国にチェーン店を持つファストフードの大手企業が、難病を抱える子供を支援するために病院の近くにコンドミニアムを建設し、格安で利用をできるようにもしています」

そこまで言って一度言葉を切り、樹は決してごり押しにならないように一呼吸置いて続けた。

「殿下は、先程日本で本格的にビジネスを考えているとおっしゃいました。日本人は奉仕活動や人道的支援ということを行う人に対してはかなり好印象を抱きます。今後、殿下が新たに事業展開をされる時に、決して金儲けだけではない方だと思うでしょう。もちろん、売名行為だとか偽善だとか言う人もいますが、『成さぬ善より、成す偽善』とも言いますから」

崇高な理念だけを押し通すことはやめ、ビジネスにプラスになることもあると、告げる。

「『いい人』という印象を金で買う、ということか」

身も蓋もない言い方をアーディルはしたが、樹は反論しなかった。

「そうとも言えます」

そう答えた樹に、アーディルはおもしろそうな笑みを浮かべた。

「なかなか魅力的なプレゼンだ。だが、残念ながら王子などという立場に生まれた私は、尊敬や名誉というものは先祖から受け継いでいる。『人道的支援』を行う団体というのは、世界にそれこそ無数にある。しっかりしたところから、怪しいところまでな。私が仮に君の団体に支援を申し出たとしよう。それを知った他の団体が『ではうちにも』と大挙して押し寄せるだろう。以前、ラスベガスで大当たりした金額を、そのまま適当な慈善団体に寄付した後がそうだった。未だにハイエナのように食いついてくる。その煩《わずら》わしさを思い出すだけで、嫌気がさすな」

あくまでも拒否の姿勢をみせるアーディルに、樹は一呼吸置いた。

むきになって反論すれば、この前と同じ結果になる。

樹は静かに口を開いた。

「ですが、忙しいスケジュールをやりくりしてもう一度私と会って下さったのは、考えなくもないと思って下さっているからなのではありませんか？」

その言葉に、アーディルは口元だけで笑う。

「多少はな。以前の樹からは考えられないほどの余裕のなさが気になった。おまえが所属する団体について調べさせてもらったが、会計担当者の使い込みで資金繰りがかなり大変な様子だ。病院建設どころか、定期的な現地への支援にも困っているようだが」

一国の王子なのだ。会う相手の背後を確かめるのは当然のことだろう。樹は頷いた。

「殿下のおっしゃる通りです。そのために、先日お会いした時には焦りから失礼なことを申し上げました。私はどうしても、あの地に病院を建設したいと思っています。そのために詭弁《きべん》にも近い言葉で殿下に資金提供を願い出ていることも理解しています」

「自分の夢を、他人の資金で叶えようというわけか」

「殿下を始め、多くの方のお力を借りて、と思っています。幸い、外務省におりました頃にアハマド殿下や、サジク国王とも面識がありますので、そちらにも声をかけてみようかと」

そのために築き上げたコネクションだ。今までは団体そのものが窮していなかったこともあり、来日を待ってと思っていたが、そんなことを言っていられる状態ではない。

「アハマド殿下とも面識があるのか」

アーディルは少し眉を寄せた。

「はい、以前来日された際に。今の駐日大使の方が殿下の旧友でいらっしゃいますので、大使を通じて時折近況を伺う程度ですが」

正確に言えば、駐日大使と樹の一番上の兄で弁護士をしている悟が知り合いなのだ。その関係で樹も大使とは顔なじみで、アハマドの来日パーティーにも呼ばれて、というのが正確な流れなのだが、そこまで詳しく話す必要もないだろうと、はしょった。

樹の言葉にアーディルは少し考えるような顔をし、

「ビジネスとして、という前提を変えるわけにはいかないが、こちらの条件を呑めるのなら資金を提供しよう」

そう言った。その言葉に樹は食いついた。

「本当ですか？」

「ああ。あくまでも条件を呑むなら、だが」

「どのような条件でしょうか？　できる限り善処したいと思いますが」

善処、などと言いつつも、どんな条件でも呑むつもりだった。

その樹に、アーディルはさらりと言った。

「君を担保にするというのが条件だ」

「……私を、担保に？」

繰り返したものの、言葉の意味が樹にはまったく分からなかった。

「樹がとても有能で魅力的な人物であることは、充分理解している。私のためにその力を発揮してくれるのであれば、病院の建設費くらい惜しむことはないだろう」

それは説明とは言えない抽象的なものだったが、日本でビジネスをと言っていたからその手伝いをしろということなのだろうと、樹は理解した。

「それは、殿下のお仕事に専念しろということでしょうか？　それとも今の仕事を続けながらサポートをということでしょうか？」

「無論、前者だ」

即答され、樹は悩む。

「……今すぐの返事というのは、できかねます。今の仕事を急に投げ出すわけにもいきませんので」

「今すぐ返事ができない、というのならこの話はなかったことにしてもらう」

「そんな……」

あまりに急すぎて、樹は言葉を失う。その樹に、アーディルは言った。

「所属団体の上の者にでも、今すぐ諮《はか》ればどうだ？　君が私の元にいる間――そうだな、少なくとも半年はそばにいてもらうつもりだが、その間、病院の建設費とは別に資金援助を行おう」

退路を断たれ、樹は井沢に連絡をするしかなくなってしまう。

結局、アーディルの言うまま、樹は井沢に電話をかけた。

「もしもし、井沢さん」

『ああ、三浦。どうした？　今どこだ？』

「今、まだホテルで殿下と話をしているんです。それで、殿下から資金援助について申し出を受けたんですが――」

『本当か？　それで？』

井沢の声が明るく弾んだものになる。資金繰りについて一番頭を悩ませ、責任を感じているのは井沢だ。自殺した会計担当者を雇用したのは井沢だったからだ。

「条件があって、殿下は今度、日本で事業を展開されるんですがその手伝いを俺にしろということなんです。手伝いっていっても、団体の仕事をしながら片手間にっていうんじゃなくて、殿下の仕事に専念するようにと」

『うちを辞めろ、ということか？』

さっきはあんなに明るかった井沢の声が、はっきりとトーンダウンする。

「いえ、辞めるつもりは俺にはありません。休職という形で、とりあえず半年は……。その間、病院の建設費とは別に資金援助をして下さるそうなんですが……俺の一存じゃ答えられなくて」

『それで、わざわざ電話をしてきたということは、返事を急がされているんだな?』

「明日、お帰りになりますので、急いでいらっしゃるんだと……」

その言葉に井沢はしばらく黙した。

『……悩むな…、三浦がいなくなるのはうちとしても、かなり痛手だ』

「そう言っていただけるのは、とても嬉しいです。でも、俺がいない間、殿下が資金援助をして下さるので、資金繰りそのものの心配は少し楽になるかと……」

『スポンサー探しのことだけを言ってるんじゃない。もちろん三浦にはスポンサー探しに多くの時間を割いてもらってはいるが、他の事務作業でも三浦に頼りきりの部分はかなりある。いなくなられては困る』

井沢はそう言ったが、今、何よりも困るのは資金だ。

何しろ、もうすぐ送らねばならない物資の購入さえままならないのだから。

「……井沢さんにそこまで言ってもらえて、嬉しいです。だから、半年したら、また俺を元通り使って下さい。お願いします」

樹は自分からそう言った。井沢はかなり逡巡《しゅんじゅん》したような間を置いた後、

『分かった、半年だな』

そう言い、結果承諾してくれた。

電話を終えアーディルを見ると、日本語は分からない様子だが電話中の樹の声のトーンなどから結果には予想がついているらしい顔をしていた。

「殿下のお手伝いをしていいと許可が下りました」

樹のその言葉に、アーディルは尊大にさえ思える様子で頷くと、不意にリヤードを呼んだ。

リビングのドアの向こうで控えていたらしいリヤードはすぐに姿を見せた。

アーディルがアラビア語で何かを告げると、リヤードは確認するように何か聞いた。それにアーディルがただ頷くと、リヤードは一度部屋を出た。

「今、ワインを持って来させる。祝杯だ」

説明するように、アーディルは言う。

「祝杯、ですか」

「商談が成立したわけだからな」

商談、と言われ、樹は少し違和感を感じる。

——ビジネスにしか興味がないっていうタイプの人じゃないと思ってたんだけどな。

以前会った時の印象では『金儲け』に一生懸命という雰囲気はなかった。

もちろん、世界的な不況でそうも言っていられない状況になっているのかもしれないのだが、違和感がある。

そんなことを考えていると、リヤードがデキャンタに移した赤ワインと、グラスを二つ持ってきた。

目の前でグラスにワインが注がれ、片方のグラスが樹に渡された。

「商談の成立に」

アーディルがグラスを目の高さに軽く掲げて笑う。それに樹も同じように目の高さに持ち上げてから、飲んだ。

「……おいしい」

ワインは付き合いで飲む程度しかないが、乏しい経験の中でも一番おいしいと思えた。

「最近気に入っている銘柄だが、口に合ったようで何よりだな」

アーディルはそう言った後、前回来た時の思い出話などを始めた。

樹も当時のことを懐かしく思い出し、ワインを飲みながら話していたのだが、途中から酷い眠気に襲われた。

「眠いのか？」

声をかけられて、樹は慌てて目を開ける。

「いえ、あ、すみません」

「随分と疲れているようだな。今の仕事はそんなに忙しいのか？」

「そうですね、朝から外に出て企業回りをすることがほとんどですから……疲れがないと言えばウソになります」

そう話す間も、瞼が下りようとしてくる上、何を話しているのか分からなくなる。

――やばい、なんだこの眠さ……。

資金援助が得られると分かって安心して、緊張の糸が切れてしまったのだろうかとも思ったが、そんな考えさえもあっと言う間に睡魔に呑み込まれ――樹はそのまま寝入ってしまった。

2

誰かが話している声が聞こえていた。

ベルベットのような滑らかな声は聞き覚えのある美声ではあるが、何を話しているのかはまったく理解できない。

それは聞き取れないという意味ではなく、分からない言語だったからだ。

——誰の声だっけ……。

ぼんやりとそんなことを考えながら樹は目を開けた。

そこは、見たことのない場所だった。

豪華な内装は一流ホテルを思わせるが、天井が低い気がする。

——確か俺、殿下に会いにホテルへ行って……どうしたんだっけ？

定かではない記憶を辿《たど》りながら起き上がって、樹は自分の寝かされていたのがほぼフルフラットにまでなるイスだったことを知った。

「……ここ、どこ？」

樹がそう言った時、

「起きたのか」

そう声がかけられ、声のした方を見ると、そこにはアーディルがいた。

革張りのソファーにゆったりと腰を下ろし、テーブルにはパソコン、片手にはブランデーグラスがあった。

「殿下……」

「疲れていたんだろう、ワインを飲んだ後、すっかり眠ってしまっていたぞ」

そう言われ、樹はアーディルと話をしている途中で酷い睡魔に襲われたことを思い出した。

「ご迷惑をおかけしてすみません。じゃあ、ここはホテルの……？」

それにしては奇妙な空間だ。そもそも眠ってしまった樹をそのままソファーで眠らせてくれたというなら分かるが、わざわざ別の部屋へ運んでいるのにベッドではなく、フルフラットになるとはいえ、イスの上に寝かせるというのも奇妙だ。

だが、その奇妙さのすべてはアーディルの言葉で明かされた。

「ホテルではなく、飛行機の中だ」

「飛行……機……？」

飛び出したとんでもない言葉に、樹は眉を寄せる。

「飛行機って、あの、空を飛ぶあれですよね？」

「それ以外の何がある？　私のプライベートジェットだ」

プライベートジェットと言われ、内装の豪華さには合点がいった。が、

「どうして私が、殿下のプライベートジェットに乗っているのか分からないんですが。……まさか、飛んでるんですか、今、これ！」

話している途中で樹は慌てて確認した。だが、それに対するアーディルの返事は、

「君が寝ている間に日本を発った。今はどの辺りを飛んでいるだろうな」

呑気《のんき》とも言えるそんな言葉だった。

しかし、呑気に言われても『ああ、そうですか』と返せるような内容ではない。樹はパニックに陥った。

「日本を出たって……どういうことなんですか！　俺の承諾もなしに……っ」

「承諾？　私の役に立ってくれると言っただろう？」

アーディルは心外だとでも言いたげな様子だが、樹の混乱と怒りはその程度の様子で収まるものではなかった。

「確かに殿下の仕事を手伝うとは言いましたが、まさか寝ている間に飛行機に乗せられるとは思ってませんでした！」

半ばキレかかった状態でそう言った樹だが、ふっとあることに気づいた。

「――日本を出たってことは、俺のパスポートとかどうしたんですか？　いくらプライベートジェットでもそこまでノーチェックじゃないはずです！」

パスポートは取得しているが、普段は持ち歩いていない。実家に置いてあるのだ。

出国に際してパスポートが必要なのは常識で、それを持っていない樹をどうやって連れ出したのか謎でしかなかった。

「安心しろ、日本政府は承諾済みだ。一応相談をしたんだが、王族に生まれたというだけで、いろいろな便宜を受けられるものだな。おまえの身元もしっかりしているし、今回に限っての超法規的措置を取ってくれたようだ」

あっさりと説明されて、樹は開いた口が塞《ふさ》がらなかった。

そんな横暴を許していいのか！　と思うが、政治の中枢に近い場所を少し覗《のぞ》いた樹は、役人や政治家を含めた日本の上層部が海外の金持ちには弱いことを知っていた。

特にエルディアのような産油国に対して、資源を持たない日本は多少のことならＯＫを出してしまうだろう。

――クソッタレ！

心の中で樹は毒づいた。

「出国に問題なかったことは、理解しました。けれど、どうしてこんなに急いでらっしゃるんですか？　俺が寝てる間に拉致《らち》まがいに連れ出さなければならないほど――っていうか、あのワイン、一体何が入っていたんですか？」

疲れていなかったとは言わないが、あの睡魔は異常としか思えなかった。

それにただ眠ってしまっただけなら、今まで何も気づかずに眠り続けていたということも普通ではない。

「ワインを疑っている様子だが、私も同じものを飲んだだろう」

そう言われてみればそうだ。

――疲れていたところにアルコールが入ったからか？

釈然とはしないものの、確かなことは分からないため、樹は無理やり己を納得させる。

「詳細はエルディアに着いてから教える。到着までは時間がかかるから、好きにくつろいでいてくれ」

アーディルはそう言うと、ブランデーを一口飲み、もう片方の手でパソコンのキーボードを叩く。

遊んでいるのか、仕事をしているのかは分からなかったが、とりあえず樹の質問にはこれ以上答えるつもりはなさそうだ。

どうしてこんなことをされなければいけないのかとは思うし、あまりに自分の常識を超えた行動を取られて不安を感じるが、すでに空の上にいる以上、どれだけ騒いでもどうにもならないだろう。

――よっぽど切羽詰まった仕事があるんだろうか……。

そんなことを考えながら、樹は再びシートに横になった。

完全に目は覚めてしまって眠れそうになかったが、頭の芯がしゃっきりとせず、体もだるくて横になっているのが一番楽だった。

――まあ、いい。エルディアに着けば分かる。考えても不安になるだけだ。

樹は胸の内で呟いて、できるだけ何も考えないようにした。

◇◆◇

エルディアに着いたのは夕刻だった。

日本から出ることすら簡単だったのだから、予想通り入国についても、アーディルが手を回していて何も聞かれず、何も言われず、完全スルーだった。

空港を出ると、待っていたのは大きなリムジンだ。それに乗り込み、連れて行かれたのはエルディアの王宮だった。

伝統的なイスラム建築様式のように思えるが、どこか西洋的な雰囲気もある。近づくにつれ、宮殿の細部に施されている彫刻などが見えてきた。それら一つ一つが芸術品として美術館や博物館に収められていてもおかしくないのではないかと思えるほどなのに、宮殿の一部分でしかないのがとても贅沢《ぜいたく》に思える。

車が車寄せに入り止まると、到着を待っていた護衛がすぐにドアを開け、先にアーディルが降りる。それに樹は続いた。

宮殿の中に入ると、そこには従者がずらりと並び、その中の一人が何事か口上を述べ、全員が恭しく頭を下げた。

恐らく、アーディルの帰城を言祝《ことほ》ぐ口上だったのだろう。

映画かテレビドラマでしか見たことがないような光景を目の当たりにして、樹は圧倒された。

アーディルは口上を述べた人物に何か言葉をかけ、樹を振り返った。

「部屋に案内する。ついてこい」

アーディルはそう言うと従者の前を横切り、廊下を真っすぐに進んでいく。

エントランスも廊下も、すべてが素晴らしく豪奢《ごうしゃ》で、アーディルについて行かなくていいのであれば、ゆっくりと見て回りたい気持ちだった。

いつかゆっくりと見学できる機会はあるだろうかと思いながら、樹はアーディルの後を追う。

廊下の廊下を真っすぐに進み、途中で何度か右に左にと折れ、宮殿のかなり奥まで来た時、目の前に両開きの重そうな扉が現れた。

左右に控えていた護衛がその扉を開くと、その奥に見えたのは回廊だ。

その回廊の周囲は驚くべきことに水で満たされていた。

「池……？」

「池というよりも噴水だ」

「でも、魚が……鯉？」

さらに樹を驚かせたのは、大きな錦鯉がゆうゆうと泳いでいることだ。

「前回来日した際にプレゼントされた鯉を放っておいたんだが、いつの間にか子供を成して増えたようだ」

アーディルはそう言うと回廊を進んでいく。

回廊の突き当たりには、さっきと同じく重そうな扉があり、やはり護衛が立っていた。彼らはアーディルの姿を認めると、さっと扉を開いた。

護衛たちは何も言わず、アーディルも彼らに何も言わない。

——お帰りなさい、みたいなこと、言う習慣ってないのかな。

奇妙な感じがしたが、後で聞けばいいかと、樹は彼らに小さく会釈《えしやく》だけをしてアーディルに続き扉をくぐった。

そのすぐ後、背後で扉が閉められる重い音をなぜか一瞬不吉に感じたが、それは目の前に広がった光景にすぐかき消された。

長い通路の両脇は美しいモザイクのタイル壁で、高い位置にある窓から入る光に輝く様は息を呑むほど美しかった。

通路の片側には幾つか扉があったが、それらを素通りし、最後に左に曲がった時、そこはアラビアンナイトの世界そのままの調度類に彩られた大きな部屋だった。

「凄《すご》い……」

広い空間の片側はすべてが一面窓になっており、夕方とはいえ差し込む光で室内は充分明るかった。

「ここは以前、王のハレムだった場所だ」

そう言いながらアーディルは頭布を外すと、ソファーの背にかける。

「ハレム……」

ハレム、は本来、イスラム世界においては『女性の居室』を意味する言葉だったのだが、日本では多くの物語の影響で、官能的であったり淫靡であったりという印象を受けることが多い。

そのせいか、樹の鼓動が一つ大きく跳ねたが、王宮のハレムは日本で言えばかつての大奥と似たようなものだろうから、印象としては間違いというわけではないとも思う。

「もっとも、ハレムとして使われていたのは遠い昔だ。私の生まれるはるか前に、ここはその役目を終えた。今は、私が使っている」

「殿下の部屋ということですか？」

「ああ。兄たちは別に宮殿を設けたが、私はここを譲り受けた」

アーディルはそう言うと、部屋の奥にある扉を開けた。その部屋で最初に樹の目を奪ったのは天蓋のついた大きな寝台だった。

「ここが寝室だ」

「そのようですね」

軽く樹は返し、部屋の中をぐるりと見渡した。

家具はどれもアンティークらしい――というよりも、ずっとここで使われてきたものだろう――が、磨き上げられてしっとりとした艶を含んでいた。さっき通ってきた廊下もそうだったが、壁のモザイクも精緻《せいち》で、このまま美術館にでもしてしまいたいくらいだ。

「ここは、王の寵愛《ちょうあい》がもっとも深い女性が寝所として使っていたところだ。王の愛が深ければ深いほど、外に出る機会は少なくなる。独占し、誰の目にも触れさせたくないと願うからだろう。自然と彼女たちは室内装飾に凝るようになった。この壁も以前ここにいた寵姫の一人が天才と呼ばれた職人に指示して作らせたものだ」

まるで、豪華な檻《おり》のようなものだ。

外に出られない女性たちは、ここで王が来ることだけを待つ。王の訪れがあれば、まだ幸いだが、王の訪れが遠のけば、それはそのまま王の愛が薄れたことを意味する。

空しく、寂しい気持ちを晴らすように部屋の装飾を華やかにした女性もいたのではないだろうか。

「それはそれで、切ない話ですね」

「切ない？」

不思議そうにアーディルが問うが、樹は答えなかった。

それは恐らくこの場所を使っていた歴代の王にとって、そして彼らの血を受け継ぐアーディルにとって気持ちのいい言葉ではないだろうからだ。

樹は唐突に話を変えた。

「それより、仕事の話を伺いたいのですが」

そもそも、この国へ来た目的は仕事のためだ。

時間的に実際の作業につくのは明日からだとしても、具体的にどんな仕事をするのかということは知っておきたい。

樹の問いに、アーディルは、

「君に、私のビジネスを手伝わせるつもりはない」

さらりとそう言った。それに樹は眉を寄せる。

「どういう意味ですか」

「樹が有能で魅力的な人物だということは理解している。だから私のために役立ってくれ、とそう言わなかったか?」

「確かにそうおっしゃいました。それは、殿下の仕事を手伝えと言うことではないのですか?」

「私には有能なスタッフは数多くいる。さして人を必要とはしていない」

ますます意味不明だった。

「それでは殿下ではなく、ご友人かどなたかの仕事を手伝えという意味でしょうか？」

日本人スタッフを欲している誰かがいるのかもしれない。それはアーディルのビジネスにとって重要な人物で、その人物に貸しを作ることがビジネスを円滑に進めるために必要だと判断したのかもしれないと、樹は察しをつけ言葉を待った。

だが、アーディルが口にしたのは思いもしない言葉だった。

「樹にはここで私の恋人として過ごしてもらう」

思いもしない言葉すぎて、樹は何度か瞬きを繰り返し、あげく出た言葉は、

「……は？」

非常に間の抜けたそれだけだった。

その樹の顔をアーディルはおもしろそうに見ながら、追い打ちをかけるように、

「とりあえず、体を差し出してもらおうか」

そう言うと樹へとすっと手を伸ばした。

「え、いや、ちょっと待って下さい！」

とっさに樹はその手から逃れたが、頭の中は言われた言葉を理解できず——いや理解したくなくて、混乱の極みにあった。

「確かに、殿下のお役に立てるようにとは思っていましたが、そんなことだなんて、ひとことも聞いていません！」

そう言うのが精一杯だった。

「聞かなかったから、言わなかったまでのことだ。それに、役に立つのには変わりがない。もっとも私が求めているのは夜の相手としての柔順さと淫らさだがな」

アーディルの言葉に樹は愕然《がくぜん》とした。

——悪い冗談……。

そう思いたかった。だが、騙《だま》し討ちのように強引な手立てで連れてこられたこと、そしてその場所がこのハレムであることなどを考えれば、ある程度は本気で言っているのだろうということが分かった。

「昨日まで所属していた団体には、とりあえず日本円で三百万振り込んでおいた。それで今週買い付ける手筈《てはず》になっていた医療用品は購入できるだろうから、心配はするな」

「それが、私の値段というわけですか？」

「いや、これは言わば君を強引に団体から連れ出した慰謝料だと思ってくれればいい。病院の建設費用については、これから樹の体を担保に支払ってやろう。楽しませてくれれば、だがな」

つまり、建設費用は体で稼げということだ。

理解不能な理論と要求に、樹は頭が痛くなった。

「……考えさせていただけませんか。そのようにお考えだとは思っておりませんでしたから」

叫び出しそうなのを、必死で自分に落ち着けと言い聞かせ、表面上だけでも冷静さを装った。

とにかく、時間が欲しい。そう思って言ったのだがアーディルの答えは否だった。

「考えたところで、答えは同じだ」

そう言うと樹の体を抱き寄せる。突然のことに身構えていた樹に隙ができた。それを見逃さず、アーディルは強引に口づける。

「っ」

逃げようとしたが、アーディルの腕は強く樹を拘束していて、身動き一つままならなかった。

アーディルは口づけながら少しずつ移動し、樹はアーディルに押されるまま足を後ろに引く。

そして三歩ほど下がった時、樹の足が何かに行く手を阻《はば》まれた。

行く手を阻んだのは壁ではなかったが、樹にとっては最悪なものがそこにはあった。

「――あっ」

アーディルは腕を解くと、樹の肩を強く押した。下がることができない状態で上半身を押されれば、バランスを崩すのは道理だった。

樹はそのまま後ろへと倒れ込む。

もっとも、本能的に背中から倒れ込むことは避け、とっさに上体を捩《よじ》ったが、樹の体は柔らかなスプリングに受け止められた。

樹の行く手を阻んだものは、最初に部屋に入った時に目についた、あの大きな天蓋のついたベッドだった。

予想していた痛みがなかったことにほっとしたが、その束の間の安堵《あんど》が樹を追い詰めることになった。

アーディルはわずかの隙を見逃さず、樹の体をひっくり返し上から押さえ付けると再び口づけてくる。

樹は歯を食いしばって、アーディルの舌の侵入だけは拒みつつ、何とかして逃れようとするが、明らかな体格差がある上に重力まで味方につけられては分が悪いどころではなかった。

圧倒的な力の差に樹は抗《あらが》った分だけ早く体力を消耗し、息が苦しくなる。軽い酸欠に陥ったような状態になった樹は、状況を忘れとっさに息を継ごうと食いしばっていた歯を開いた。

樹の望み通り、空気が流れ込んでくる。だが、それと同時に今まで拒み続けていたアーディルの舌も入り込んできた。

「ん……っ」

入り込んできた舌は樹の口腔を我が物顔で舐め回してくる。樹は逃れようと手をアーディルの襟足へと伸ばし、髪を摑んだ。

そのまま髪を引いて何とかやめさせようとしたが、まるでそれへの意趣返しのようにアーディルの手が樹の下肢へと伸びた。

「っ！」

ズボンの上からしっかりと樹自身を捕らえ、そのまま淫靡に手を蠢《うごめ》かせる。

——まさか……本気で……。

アーディルが性的な意味で自分を見ていることは承知していた。

だが、それを切り出されたのはついさっきのことで、まさか一足飛びに最後までするとは思っていなかったのだ。

「……っ…ゃ…やめ……っ」

必死で暴れ、樹は何とか口づけから逃れる。

暴れた拍子に片足だけがアーディルの体の下から外れた。だが、それは事態を悪化させただけだった。

気が付けばアーディルの体を開いた足の間に受け入れるような状態になっていたからだ。

「嫌がっているのか、積極的なのか分からないな」

からかうような口調でアーディルが言う。

「そんなわけ……っ…あ、やめ…ろ……」

アーディルの手は一層淫らさを増し、樹自身は本人の意思を裏切って熱を増していく。

「嫌……だ……っ」

「ここを、硬くしておいて『嫌』はないだろう。……そろそろ、直接触ってほしいんじゃないか?」

その言葉に樹は頭を横に振ったが、アーディルは薄く笑みを浮かべてそれを受け流し、樹のズ

ボンのベルトを外した。

「嫌だ！　やめろ……っ」

抵抗しようとした樹の胸を肘先で押さえ込み、強引にズボンの前をはだけると、下着の中へと手を差し入れた。

「ひ……っ…あ」

自身に直に触れられて、樹は引きつったような声を漏らす。アーディルは樹自身を覆うようにすると、からかうように言った。

「触れているだけなのに、ビクビクしてるな」

指摘され樹の顔が歪《ゆが》む。それは紛《まぎ》れもない事実だからだ。

アーディルは嫌みなまでに余裕を滲ませた笑みを浮かべると、手の中の樹を揉みしだく。

「ぁあっ、あ……っ」

「気持ちがいいだろう？」

言葉と共にアーディルの手の動きは淫らさを増した。

アーディルの愛撫はあまりに巧みで、樹はあっと言う間に完全に自身を屹立《きつりつ》させてしまう。

それをさらに煽るようにアーディルは愛撫を強めた。

大きくなるアーディルの手の動きのせいで、下着が押し下げられる。それはアーディルの愛撫を増長させる結果になった。

「嫌……だ…っ……」

拒絶を口にしても、甘く震える声では意味がない。アーディルは指先をすっと先端へと這わせ、縦目を押し当てた指の腹で擦り立てた。

「あ……っ！　あ、あ……っ」

人によって多少の差はあっても、そこは敏感な場所だ。特に樹はそこが弱かった。

「い…や……っ、あ、やめ……」

逃げようと膝を立ててずり上がろうとする。逃げたくなるほどの刺激だった。だが、それをアーディルは簡単に押さえ込み、さらに強く指先を揺らめかせる。

あっと言う間に先端に蜜が滲んだ。それがアーディルの指の動きを滑らかにしてしまう。

「ぁあっ、あ、やめ……っ…もう、あ、あ」

弱い場所への強すぎる愛撫に、樹はあっと言う間に限界まで追いやられた。

「ぁ……あ、あ、あっ」

堪《こら》えることなど到底できず、樹はアーディルの手で達してしまう。

「嫌だと言いながら、随分と出したものだな」

樹が達し切ったのを確認してから、アーディルは樹の放った蜜でしとどに濡れた手をかざした。

「……っ」

アーディルの長い指にまとわり付く白濁がとろりと糸を引いて滴り落ちる。その光景はあまりに淫らで、そして樹が迎えた果てをありのまま示していた。

アーディルは白濁をまとった指をすっと樹の胸元へと伸ばすと、シャツのボタンを外し始める。

「殿下……っ」

「なんだ？　シャツが汚れるとでも言いたいのか？　今さらだろう、すでにおまえが飛ばしたもので汚れているんだからな」

からかいの交じった声でアーディルは言う。

それは事実なのだろうが、事実であるがゆえに余計に樹は羞恥を煽られた。だがアーディルの手を止めさせたい理由は、それではなかった。

「やめて下さい……っ、私は、こんなことのためにここに来たんじゃない……！」

アーディルの手を掴み、止めさせようとしたその時、

『アーディル様』

扉の向こうからリヤードの声が聞こえた。

アラビア語だったが、アーディルの名前を呼んだことだけは樹にも分かった。

アーディルは止めさせようとする樹の手を外させながら、アラビア語でリヤードに何か言った。

それに対してリヤードから返事があり、アーディルはおもしろくなさそうな顔を見せると樹から手を放した。

「父上がお呼びのようだ。まったく、見ていたかのように邪魔が入ったな」

アーディルはそう言うと、汚れた手を嫌がらせのように樹のシャツで拭った。

「まあ、いくらでも時間はある。楽しみは後にとっておけということかもしれないが」

そして、余裕の笑みを浮かべると樹の上からどいた。

「おとなしく待っていろ」

その言葉に樹はアーディルを睨《にら》みつける。

しかし、そんな樹の反抗的な眼差しさえ、アーディルは気にした様子もなく部屋を後にした。

「……誰が待つか……っ」

一人になった部屋で樹は吐き捨てるように言い、ここから逃げ出す方法を考え始めた。

3

——なんとかしないと……。

アーディルがいなくなった寝室で、しばし茫然としていた樹だが少し落ち着くとすぐにその思いが沸き起こってきた。

このままここにいてはいけない、ということだけは確かだ。

「逃げよう……」

樹はベッドから身を起こしたが、汚された体とシャツをまず何とかしたかった。

幸い、部屋にはバスルームがついていた。設備は新しいもので、おそらくアーディルが譲り受けてから改装してつけたものだろう。

樹は、アーディルの帰りが遅いことを期待しながら、急いでシャワーを浴びた。そのついでにシャツを洗い、固く絞る。

手で絞った程度ではまだまだべったりとしていて、身につけるには抵抗があったが、仕方がない。

濡れたシャツは体にぴったりと張り付いて気持ちが悪かったが、樹は逃げ道を探してハレムの中を歩き始めた。

最初に入って来た扉は、カギでもかけられたのか押そうとどうしようとびくともしなかった。通路に並んでいた部屋の扉もすべてカギがかけられ、反対側の窓はあまりに高くてよじ登ることは不可能だった。

——庭に出ればどこか逃げられそうなところがあるかもしれない……。

樹は急いで来た通路を戻り、あの大きな広間から見えた庭へと出た。

広い庭は、色とりどりの花と、青々と茂る木が植えられ、飼われているのか、それともどこからか飛んできたのか鮮やかな色彩の美しい羽根をもつ鳥がさえずっていた。

それは楽園のような光景だったが、それをゆっくりと愛でる余裕などあるはずもなく、樹は逃げられそうな場所を探す。

だが、樹の希望は無残にも打ち砕かれた。

ハレムはどうやら口の字型に建てられているらしく、その庭は中庭だったのだ。

もちろん、樹は別の部屋からどこかに通じているのではないかと探したが、別棟にはすべてカギがかけられ、外階段から中に入ることはできなかった。

「これじゃ、本当に檻だ……」

絶望感に、樹はその場に座り込む。

吹き抜ける乾いた風が、いつしかシャツをほとんど乾いていると言ってもいい状態にまでしていた。

「お客様、どちらにおいでですか？」

庭で茫然と座り込んでいると、広間の方から不意に若い女性の声がした。少し発音に癖があるが、聞き取りやすい英語だった。その声に顔を向けると、民族衣装に身を包んだ女性が中庭に出て来るところだった。

「お客様、お夕食をお持ち致しました。庭でお召し上がりになりますか？」

スラリと背が高く、はっきりとした目鼻立ちの美女は、にこやかな笑みを浮かべて樹に近づいて来る。

「……あなたは？」

「女官のザーラと申します。アーディル殿下は宮殿で夕食をお召し上がりになるそうですので、申し訳ありませんが、お客様にはお一人でお召し上がりいただくようにと。もし、お庭でお召し上がりになるのでしたら、テーブルの準備を致しますわ」

それに樹は頭を横に振った。

「いえ」

「では、お部屋に準備を」

そう言って部屋に戻ろうとしたザーラを、樹はとっさに呼び止めた。

「待って下さい。俺は、日本に帰らないといけないんです！」

その言葉にザーラは困った顔をした。

「そうなんですの？　私、何も聞いていなくて……。殿下も、今夜は何時頃お戻りになるか分かりませんし」

「殿下には騙されて連れて来られたんです。だから、日本の家族も心配してるし……」

言い募ってみたが、ザーラは困った顔のまましばし間を置き、

「そうおっしゃられても、私にはなんとも……。とりあえず、お食事になさって下さい」

そう言った。だが、樹は食事どころではなかった。

「いえ……食欲はなくて…」

「どこか、お体の具合が？」

心配そうな顔でザーラは樹の顔を見る。それに樹は頭を横に振った。

「そうじゃありません。ただ、おなかがすいていないだけで」

「では、準備だけ調《ととの》えておきます。お好きな時間にお召し上がり下さい。ああ、そろそろ庭には虫がたくさん出てきますわ。日中の暑い時間には虫たちも涼しい場所で休んでいるんですけれど、涼しくなってくると活発に行動し始めてしまいますの。お部屋にお戻り下さいな」

ザーラは優しく樹に部屋に戻るように促す。

押し付けがましくもなく、下手に出るでもない不思議な感じのする女性だった。

言われるまま、樹は建物の中に戻った。

ワゴンに準備された料理の数は、ぱっと見ただけでもフルコースだと分かる。だが、本当に食

欲はなく、樹は水の入ったグラスだけを手に持つと寝室へと入った。

落ち込んでいるみっともない姿を見られたくなかったのだ。

ベッドに腰を下ろした樹は、深いため息をついた。

この部屋にも窓はあるが、窓の外はあの中庭だ。

外に出られるチャンスがまったくないとは思いたくないが、今すぐ出ることは無理だ。

少なくとも今夜はここにいることになるだろう。

――とにかく、ちゃんと話をして、そういうつもりはないって分かってもらわないと……。

樹はアーディルが戻るのを待った。

どう話をすればアーディルが理解をしてくれるかと、頭の中で何度もシミュレーションを繰り返す。

もっとも、アーディルが理解し樹を解放してくれることになれば、病院建設への援助はなくなるだろう。

医療施設のない地域に病院を、という夢は遠のくことになる。

そう思うと、ジレンマが沸き起こった。

――でも、こういう形で資金を得るのは間違ってる……。

どういう手段で得ようと、金の価値は変わらない。

だが、樫尾に『頑張ったな』と言ってはもらえないだろう。

ずっと叶えたいと思ってきた夢だからこそ、誇れない形で叶えたくはなかった。

そもそも騙すような形で連れて来られたのだ。

最初から条件がこれだと聞いていれば、受けなかった。

「とにかく、断る。それしかない」

樹は自分の気持ちを固め、アーディルを待ったが、戻ってきそうな感じはなかった。

静かな室内で一人という状況で、長時間のフライトの後だという体力の消耗と、アーディルから受けた無茶な行動による精神的な消耗、さらには時差も手伝って、樹は眠るつもりなどなかったにもかかわらず、うとうととし始めた。

何度かは大きく頭が振れるたびにその衝撃で目を覚ましたが、あまりに強い眠気に樹は寝入ってしまった。

その後、体がぐらりと傾いで上半身をベッドに横たえた形になったが、その時のことを樹は覚えていない。

上体が安定してしまえば、疲れきった樹に訪れたのは夢も見ないほどの深い眠りだった。

何事もなければそのまま朝まで眠っていただろう。

しかし、樹の意識は少しずつ覚醒を促された。

最初に感じたのは、身のうちにわだかまる奇妙な熱っぽさだった。その熱が徐々に増し、薄皮を剝ぐように樹を目覚めさせようとする。

だが、最終的に樹の意識を覚ましたものは、

「あ……っ」

夢うつつのうちで自分が上げた声だった。

それはあまりに大きく聞こえ、また同時に自分が上げたとは思えないほど甘ったるいものだった。

はっと目を覚ました樹は、にわかには自分が置かれた状況に思い至らなかった。

——ここは……。

暗い室内は窓から入る月明かりによってのみ照らし出され、異国風の設《しつら》えが目に入る。

だが、目に入ったものから状況を手繰る間もなく、樹は体の中で何かが蠢く感触に身を強ばらせた。

「な……っ」

自分に何が起きているのか分からなくて恐怖しか感じなかった。しかし、

「起きたのか」

足元から聞こえた声に樹が目を向けると、そこにはやはりアーディルがいた。

「……殿…下……一体…あ、ああっ」

何をしているのかと問おうとした瞬間、樹の体の中でまた何かが動いた。

「何……っ…ぁ…あ…あ！」

「今にも殺されそうな声を出すな…指が入っているだけだ」

アーディルはさらりと言いながら、中の指を動かし続ける。

「嫌だ……嫌…っ…あ、あ」

痛みがあるわけではなかったが、自分の体の中に他人の指が入れられ、また蠢いているという事実は樹をパニックに陥らせるのに充分だった。

逃げようとシーツを蹴り、体をよじろうとした樹だったが、そのせいで体の中の指が大きく体を穿《うが》った。

「ぁあっ」

そんなことになると思っていなかった分衝撃は強く、樹の体は恐怖に竦《すく》んで動きを止めてしまう。

「中に指があるんだから、勝手に動けばどうなるかくらい分からなかったのか？」

からかうような口調で言ったアーディルは、指を浅い場所まで引き抜いた。そのまま抜いてもらえると思っていた樹だが、それは見事に裏切られた。

「ここは好きなはずだ」

アーディルはそう言うと、浅い場所まで引いた指で中のある場所を突き上げる。

「ぁ……あっ、あ！　何……あ、あ！」

背中を駆け抜けたのは紛れもない快感だった。

何が起きているのか分からず戸惑う樹の顔を見つめながら、アーディルは執拗にその場所を嬲《なぶ》る。

「あぁっ、あ、あ……っ」

「気持ちがいいだろう？　何しろ服を脱がせようとどうしようと眠り続けたおまえが、目を覚ましてしまったほどだからな」

確かに、着ていたはずの服はすでにない。アーディルの言う通り寝ている間に脱がされたのだろう。

それに気づかないほどの深い眠りを妨げたもの——事実、アーディルの指が動くたびに湧き起こっているのはこれまでに経験したことがない強い悦楽だった。

その悦楽に勃ちあがった樹自身は、先端から蜜をトロトロとあふれさせる。

「こちらも、こんなにして」

アーディルはもう片方の指先を樹自身へと伸ばし、裏筋をそっと撫で上げた。

それだけでも信じられないほど気持ちがよくて、樹自身が大きく震える。

「あ……っ…、あ、あ」

「後ろも、一本では物足りないようだな」

アーディルはその言葉と共に中を穿つ指を二本に増やした。

「う……っ…ぁ、あ」

急激に拓《ひら》かれる感触と圧迫感に呻《うめ》くような声が漏れる。だが、その声に苦痛が入ってはいないことをアーディルは見取っていたらしく、すぐさま指を動かし始めた。

「あ……っ…あ、やめ…あ、あ」

二本の指が弱い場所を交互に嬲る。沸き起こる悦楽はあっと言う間に樹を追い詰め、自身からあふれる蜜には白濁が交じった。

「指だけで達《い》くつもりか？」

からかうように言って、アーディルは樹自身を縛《いまし》めるようにしっかりと握りこんだ。

「ふ…あ、あ…っ」

放出を阻まれているのに、中を弄《もてあそ》ぶアーディルの指の動きは激しさを増し、樹の中で狂ったような熱が渦巻く。

弱い場所を突き上げられるたびに自身が喜んで震えているのが分かる。いや、達したいという希求で震えているのだ。

それでも縛めるアーディルの指は緩むことはない。それどころか、アーディルはせつなげに震える樹自身の先端を咥《くわ》え込んだ。

「え…あ、あ、嫌だ、あ、あっ」

先端で舌をそよがせ、軽く吸い立てられる。それに合わせてアーディルは根元まで埋め込んだ指で螺旋《らせん》を描くようにして、中をかきまぜた。

達することができない状態でそんな愛撫を加えられ、樹はおかしくなりそうなほどの悦楽の中に投げ込まれる。

逃げたくとも、快感に浸された体は樹の意思を裏切って暴走する。

それでも必死で手を伸ばし、アーディルの髪を摑んで離れさせようとするが、もはやその手もアーディルの髪を摑むだけで限界だった。

「ぁあっ、あ、あ……嫌だ、もう…あ、あ……」

早く達して、楽になってしまいたい。それなのに、放出を阻むアーディルの指がそれを許してくれない上に、さらなる快感を樹へと植え付けるのだ。

「殿……下…、もう……離…して……」

切れ切れの声にはもう反抗的な響きはなく、ひたすら哀願するようだった。

しかし、アーディルはその声を黙殺するかのように銜え込んだ樹自身に甘く歯を立て、中の指を軽く折り曲げてグルリとかきまぜるように回した。

「ひ……っ…あ、あ、あ……っ」

あまりに強すぎる刺激に樹の体が大きく撥ねた。

達することができない辛さと、これまでに感じたことのない肉悦がないまぜになり、樹の神経が完全にパニックに陥る。

「ぁあっ、あ、あ……もう、あ、あ」

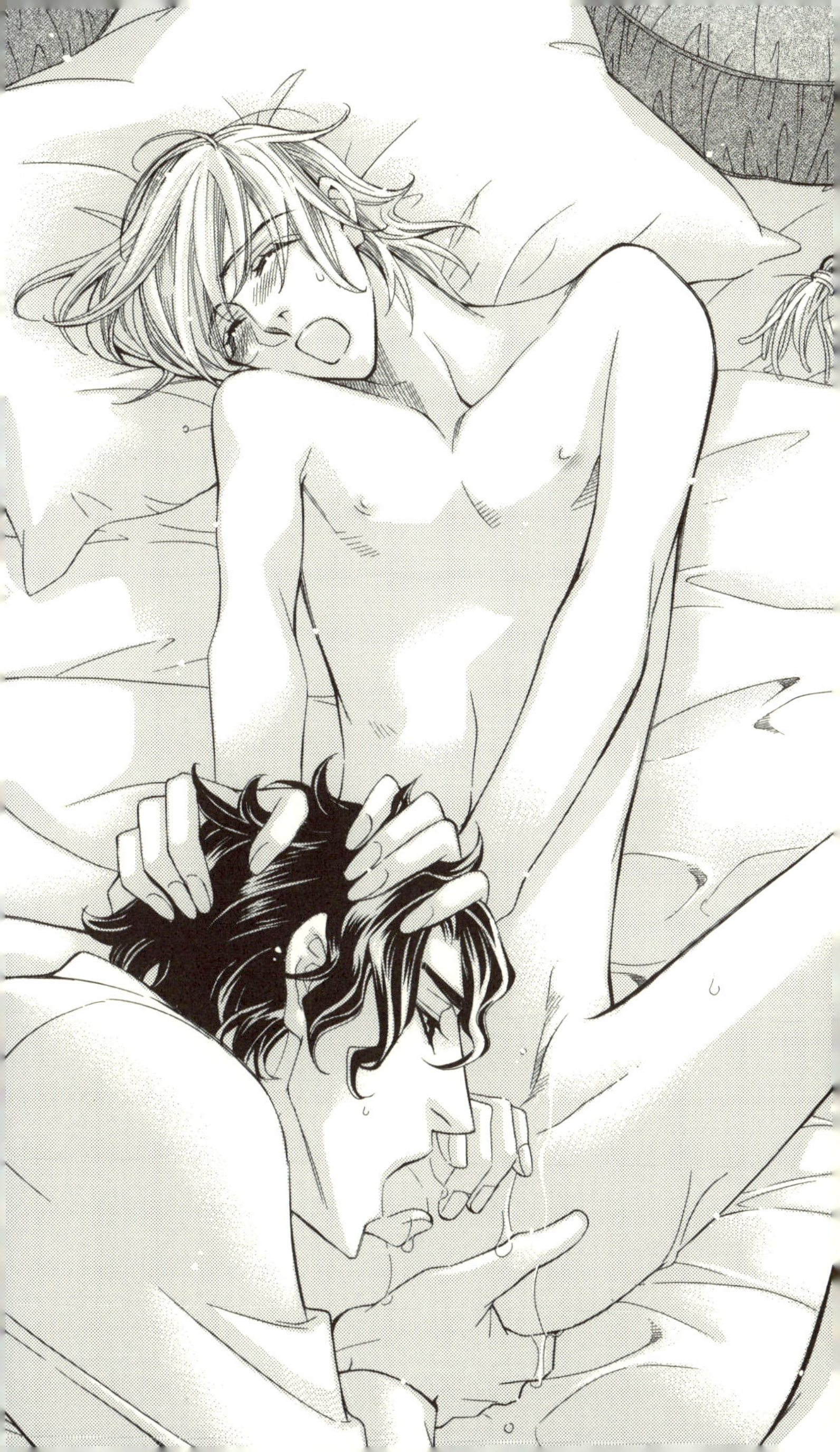

意味のある言葉はもう出てはこなかった。与えられる刺激に体がガクガクと震えて、悦楽に溺れ切る。

その様子にアーディルは一度強く樹自身を吸い立ててからゆっくりと顔を上げた。

「ぁ……あ、あ……」

焦点の定まらない視線で荒い息を継ぐ樹を見下ろし、アーディルは満足そうな笑みを浮かべる。そして樹の中に埋めた指を引き抜いた。

「……あ…」

体の中から圧迫感が消えたことに最初は安堵を覚えた樹だったが、それはすぐ焦燥《しょうそう》に変わった。指で散々いたぶられた内壁は、まだ絶頂を得られていないこととあいまって、さらに強い刺激を求めてうねるように蠢いてしまう。

「安心しろ、すぐに悦くしてやる」

アーディルはそう言うと己の前をはだけ、半ば猛った自身を取り出した。そして、樹に見せつけるように二、三度扱《しご》いて硬度を増させる。

「……っ…」

目に映ったアーディルのそれは、樹のものよりもはるかに長大で、凶器にしか見えなかった。それで今から何をしようとしているのかを悟った瞬間、樹は逃げようとしてシーツの上をずり上がろうとした。

しかし、ろくに力の入っていない足は空しくシーツの上を滑っただけに終わり、アーディルは冷笑を浮かべてそれを見ると、自身の先端をひくついている樹の後ろへと押し当てた。

「ぁ……」

「力を抜いていろ……もっとも、力が入っているならだがな」

からかうように言って、アーディルは腰を進めた。

指で弄ばれ、ある程度慣らされたとはいえ、アーディルのそれは指とは比べ物にならないほどに大きく、樹は拓かれる感触に声を詰まらせた。

「……っあ、あ」

「息を吐け……おまえが口でどう拒もうと、無駄だ」

その言葉通り、ジリジリとアーディルは樹の中へと入り込んでくる。

「無理……あ、あ」

アーディルのあんな大きなものが入るなどとは到底信じられない。だが、後ろで得る快楽を知ってしまった蕾《つぼみ》は、与えてもらえるだろう刺激に期待をし、決してアーディルを拒もうとはしなかった。

そんな樹のアンバランスな心と体を見透かしたようにアーディルは薄く笑い、グイッと強く腰を押し付けた。

「ん……ぁっ、あ、ああっ」

ズルッと押し入った先端が樹の弱い場所を抉《えぐ》り、駆け抜けた強い悦楽に樹は濡れた声を上げた。

「無理と言っていたわりには、随分といい声で啼く……。もっと啼け」

嘲《あざけ》りを含んだ声で言いながら、アーディルはその場所を繰り返し自身の先端で擦り立てた。

「あぁっ、あ……！　あ……嫌だ、それ……あ、あ……っ」

自身を縛めていたアーディルの指が緩められ、そのまま扱かれる。

いままで散々熱をせき止められていた樹は、自身へと与えられる愛撫と、中を穿たれて沸き起こる悦楽にあっと言う間に上り詰めた。

「ああっ、あ、あ……っ、あ」

迸《ほとばし》った蜜が胸元まで散る。だが、それでもアーディルの愛撫は止むことはなかった。

執拗に自身を扱き、中の弱い場所を捏《こ》ね回すようにいたぶる。

止まらない悦虐に樹自身は蜜を吐き出しても、すぐに新たな熱を孕《はら》ませられ、絶頂間近の状態を延々と味わわされる。

「もう……いや…、あ、あ、ああっ」

その中、アーディルは一気に樹の体の奥まで自身を埋めた。

「あ――――あ、あ、あ、あっ！」

それは信じられない衝撃だった。

体の一番奥深く、決して誰にも触れられたことのない――アーディルの指さえ届かなかった場所にまで、熱塊は到達し脈打つ。

「あっ、あ、あ……」

初めて暴かれた場所にもかかわらず、樹は悦びを感じている自分に戸惑った。だが、その戸惑いさえアーディルが小さく腰を揺らめかしただけで悦楽に押し流されてしまう。

「気持ちが悦いか？」

言葉とともに小さな律動を送り込まれ、駆け抜ける愉悦の波に樹は溺れた。

「い…ぃ…、あ、そこ、あ、あ」

指先で蜜を垂れ流す先端を撫でられ、零《こぼ》れるのは甘い声ばかりになる。完全に悦楽に取り付かれた樹を満足そうに見つめ、アーディルは緩やかに腰を使い始めた。

「——っあ、あ、ああっ」

中を穿つアーディルの熱塊を、内壁は嬉々として締め付ける。その締め付けを味わいながら、アーディルは徐々に動きを強くしていく。

「ああっ、あ、あ」

「樹……」

甘く名前を囁かれても、もはや樹はそれを認識することさえできなかった。

「いい……あ、だめだ、あ、また…あ、あ」

「いくらでも達けばいい」

アーディルは再び樹自身を手の中に捕らえると上下に扱きながら、樹の中をかき回す。

「ぁあっ、あ……、あ、あっ」

ビクンッと大きく樹の腰が震え、再び絶頂を迎える。だが、その最中でさえアーディルの蹂躙《じゆうりん》はやまず樹はこれ以上ないほどの深い法悦へと導かれた。

「だめ……だ…、もう、あ、あ」

味わったことのない悦楽は、樹の許容範囲をとうに超えていた。感じすぎて体がどうなるのか分からない。

ほとんど音にならない声は、樹がギリギリの状態に置かれていることを知らせていた。

「もう無理か……。まあいい、あまり慣れていない体の様だからな。とりあえず一度終わってやる」

アーディルはそう言うと、樹の腰をしっかりと両手で捕らえた。そしてこれまでとは比較にならないほどの強い動きで樹を穿った。

「嫌……っあ、ああ、あ、嫌だ、あ、あ」

あまりに強い刺激に樹は恐怖さえ感じて悲鳴じみた声を上げる。だが、擦られる肉襞はしっかりとアーディルに絡み付き、貪欲に悦楽を貪《むさぼ》った。

「中に、出すぞ」

アーディルは押し殺したような声で宣言した後、浅い場所まで引き抜いた自身で樹の弱い場所を抉るようにして一気に最奥までを貫いた。

そして、熱をぶちまける。

「あ――……っ、あ、あ」

体の奥深くに流れ込む熱に、アーディルに捕らえられた腰が淫らに撥ねる。

「ぁ、あ…あ、あ、あぁっ」

樹はもう何度目か分からない頂点に酔いしれた樹は、不意にがくりと体を弛緩させる。

目を閉じ、荒い息を継ぎながらも熟れた肉襞は貪欲にアーディルに絡み付き、アーディルはその中であっと言う間に熱を盛り返す。

それに樹は閉じていた目を開け、アーディルを見た。

その目には脅《おび》えが宿っていたが、アーディルはその眼差しを妖しい笑みで受け止めた。

「一度で終わりだとでも思ったのか？　……私が満足するまで、何度でもつきあってもらう。それがおまえの務めだ」

淫らで残酷な言葉を口にし、アーディルはゆっくりと樹の中で動き始める。

「あ……っ」

「さあ、今以上に乱れてみせろ」

アーディルの動きが少しずつ強くなる。

「い……ぁ、あ、ああっ」

拒む暇さえ与えられず、樹は淫らな宴に再び突き落とされた。

◇◆◇

目が覚めた時、部屋の中は明るい光で満たされていた。

正確な時刻は分からないが、昼近くらしい。

すでにアーディルの姿はなく、昨夜自分の身に起きたことはすべて夢だと思いたかった。

――あんなこと……。

幾度も抱かれ、淫らな声を上げた自分。

すべてをなかったことにしてしまいたい。

だが、なかったことにしたいと思えば思うほど、記憶は鮮烈になって樹を苛《さいな》むのだ。

「失礼します」

控えめなノックの音と声が聞こえ、少し間を置いてから静かに寝室のドアが開く。姿を見せたのは女官のザーラだった。

ザーラはベッドに近づくと、樹が起きているのに少し笑みを浮かべた。

「樹様、もう間もなくお昼ですが、起きてお食事になさいませんか？」

穏やかな声で問うザーラは、昨夜何があったかは知らない様子だった。

「いえ……食欲はないので」

「まだお眠りになっていたいですか？」

首を小さく傾げて問うザーラに、樹はそう思われているならそうしておいた方が楽だと、頷いた。

それを見て、

「かしこまりました。ではもう少しお休みになっていて下さい。また後程参ります」

深く詮索することなく、来た時と同じように静かに出て行った。

樹はベッドの中で目を閉じ、そのまま不貞寝《ふてね》に入る。

だが、寝返りを打とうとするたびに体がギシギシして、否応なく昨夜のことを思い出してしまって、苛立《いらだ》ちが募る。

腹が立つのはアーディルに対してだけではなく、自分自身に対してもだ。

男として、同性に組み敷かれ犯されたというだけでも、プライドはズタボロなのに、あの行為で明らかに悦楽を得ていたということがさらに追い打ちをかけた。

「くそ……っ」

苛立ちを吐き捨てるように口を開き、樹は拳を握り締める。

――とにかく、ここを出ないと……。

本当は一秒たりともここにはいたくない。

だが、寝返りさえ満足にうてないような状態では逃げ出すこともままならない。

――今は、体を休めることだけ考えよう。

今の体では歩くだけでも苦痛に顔を歪めることになるだろう。

よろよろの足取りでは、逃げるどころではない。

荒れ狂う苛立ちが動けない自分へと向かうのを、必死で理論的に説明して自身を納得させる。

そうやって、何とかささくれだった気持ちを落ち着けた時、部屋のドアが事前のノックも、挨拶もなしに開けられた。

「まだ寝ているのか？　目覚めるのに王子の口づけが必要だとは思わなかったんだが」

嫌みなほどに美しい微笑を浮かべたアーディルはからかうように言いながら、ゆっくりと近づいてくる。

それを樹は殺意さえ滲ませた眼差しで睨みつけた。

「一体、何の用ですか……。ノックもせず、入ってきて」

怒りで声が震える。体さえ普通なら摑みかかっているところだ。

「ここは私のハレムだ。いつ、どこに行こうと、何をしようと私の勝手だ」

アーディルは平然とした顔でそう言った後、そのまま続けた。

「昨夜から、食事をしていないようだな。どういうつもりだ？　ハンガーストライキでもやるつもりか？」

「食事をしようとしまいと、俺の勝手でしょう」

「いいや、違うな。このハレムの主は私だ。主の意思に従うのが、ハレムの住人の務めだ」

その言葉に、樹はぶちキレた。

「ハレムの住人？　俺がいつハレムの住人になったんですか！」

「もう忘れたのか？　昨夜、おまえは私のものになっただろうが。あれほど悦がっておいて忘れるというのもなかなかの特技だと思うがな」

思い出したくない昨夜の痴態を揶揄《やゆ》され、樹の頭に一度に血が上った。

「野良犬に嚙まれたようなものだと思って、俺は忘れます。あなたとあったことも全部忘れて、日本に帰ります」

怒りに震える声で、樹は言った。

「病院を建てたいんじゃなかったのか？」

「あなたの慰み者になって得たお金でなんか、病院を建てたくありません」

病院を建てるのが夢だった。

だが、こんな形で叶えても空しいだけだ。

「おまえがどう考えていようとかまわないが、日本には帰れないぞ」

アーディルはさらりと言った。

「いいえ、帰ります」

「無理だ。そもそもおまえはこの国へ来るのにパスポートを持ってきていないんだぞ。いわば不法入国だ。外に出たところで、航空券さえ買えず、捕まるのがオチだ。もっとも捕まったところで、逃げ出したおまえを保護する気はない。もっとも、それ以前の問題として、ここからは出られないがな」

アーディルは口元だけで笑い、続けた。

「昨日も言っただろう。ここは古いハレムだ。集めた女性たちを一歩も外に出さずに閉じ込めておく術《すべ》を備えている。私の許可なく、誰ひとりとして外に出ることができない——おまえが、空を飛べるというなら話は別だがな」

余裕を滲ませた態度が、この上なく腹立たしかった。

だが、返すべき言葉を樹は探せなかった。

悔しそうに睨みつける樹をアーディルは満足そうに見つめる。

「空を飛べないのなら、諦《あきら》めてここで暮らすことだ。服はクローゼットに入っているから好きなものを身につけるといい——すべて、女性のものだが」

「どこまで俺を馬鹿にするつもりなんですか……っ」

「嫌なら、ずっと裸でいろ。その方がいろいろと私としては好都合だがな」

カッとなり、樹は手元の枕を取ると投げ付けようとした。

だが、大きく手を振り上げた瞬間、腰奥から走った激痛に樹は枕を落とした。

「っ……」

顔を顰《しか》め、痛みを堪える樹の様子にアーディルは馬鹿にしたような笑みを浮かべると、

「食事も取れぬほど落ち込んでいるかと思ったが、思ったより元気そうで何よりだ」

そう言い部屋を出て行く。

その背中を、樹は言い表せないほどの悔しい気持ちで睨みつけた。

4

ザーラが寝室に再び顔を見せたのは、アーディルが去って一時間ほどがした頃だった。

「樹様、食欲がないことは先程お伺いしましたが、お体に障りますのでせめて飲み物だけは口になさって下さい。それから、できればフルーツも」

トレイの上には飲み物が入ったピッチャーとグラス、一口大にカットされたフルーツが載せられたガラスボウルがあった。

正直にいえば、何も口にしたくはなかった。

アーディルに対する怒りと屈辱、そして空しさが入り交じったものが体中からあふれ出しそうなほどになっているのだ。

だが、関係のないザーラに心配をかけることも、八つ当たりすることもしたくはなくて、樹はゆっくりと体を起こした。

ゆっくりとした動作だったにもかかわらず、眉をしかめたくなるほどまだ体がつらい。

ザーラがおかしく思わなかっただろうかと心配になったが、ザーラはベッドのそばに小さな机を寄せる作業をしているところで、どうやら気づかなかったようだ。

樹は、ベッドの上に体を起こしたものの、何も身につけていない上半身をザーラに晒《さら》すことに抵抗を覚えた。

男だから自分が見られることには大して抵抗はないが、女性の前に裸《さら》を晒すのは失礼ではないかと思えたからだ。

それにザーラは気づいたのか、さりげなく薄い紗のようなショールを樹に差し出した。

「ありがとうございます」

礼を言うと、ザーラは薄く笑った。

渡されたショールを羽織り、小机の上に置かれたトレイから飲み物の入ったグラスを手に取り一口飲んだ。

それはレモネードで、爽やかな酸味と甘さのバランスが絶妙だった。

「おいしい……」

思わず声に出た。

「お口にあったようでよかったですわ」

ザーラがほっとした顔をみせる。かなり心配していたようだ。

意地を張っていたつもりはないし、本当に何かを口にするという気持ち的な余裕がなかっただけなのだが、体は思いのほか水分を欲していたらしく、あっと言う間にグラスが空になった。

ザーラはピッチャーのレモネードをグラスに注ぎながら言った。

「よければ、あちらの部屋に出ていらっしゃいませんか?」

その言葉に樹は答えなかった。行きたくない、という意思表示だったが、ザーラは気にした様子もなく続ける。

「アーディル様もお出掛けになりましたし、今なら広間でホームシアターを独り占めできますわ」

「……いらっしゃらないんですか？」

「ええ。夕食にはお戻りになると思いますけれど、それまでに映画を一本観られます」

特に映画が観たいわけではなかったが、ザーラは樹が寝室に籠もっているのを心配して、外に出るきっかけを作ってくれていることは分かった。

「そうですね……、古いアメリカ映画なんですが『大脱走』はありますか？」

「あると思います。探して参りますわ」

少しほっとした表情で、ザーラはそう言うとピッチャーを小机の上に置き、寝室を出て行こうとする。それを樹は呼び止めた。

「ザーラさん、あの……」

「ザーラ、でかまいませんわ。どうかなさいましたか？」

ザーラはすぐに足を止め振り返った。

「あの、服を出していただけませんか」

「服を？　アーディル様はクローゼットの服を好きにお召しになってもらうようにとおっしゃっ

ていましたが」

「……すべて、女性ものだそうです」

「……ハレムですから…」

ザーラはそう言うとクローゼットを開けた。中には様々な色の衣装が収められ、ザーラは嬉々とした様子で数枚の衣装を取りだした。

どれも頭からすっぽりと被るワンピースのような形で、たっぷりとした丈があり、同じようなものに見えたのだが、

「こちらはわが国の伝統的なものです。こちらはトルコふうのものですわ。私はトルコふうの方が好きでよく着るんですけれど……」

確かに、ザーラが着ているのはトルコふうのもののようだった。もっとも彼女は腰の辺りでサッシュを巻いていて、丈も膝より短いものだ。そのかわり、下にパンツをはいている。おそらく活動しやすくするためだ。

「こちらも刺繍が素敵……ですけれど、樹様にはこちらがいいかしら」

楽しそうにクローゼットの中を見ていたザーラが差し出したのは、装飾のほとんどないトルコふうの深い青の衣装だった。

だがそれは、ザーラのものとは違い、女性ならば足首くらいまでの長さがあった。おそらくあくせくと働く必要のない女性のためのものだろう。

だが、その長さなら樹が着ても少し短くなる程度だと思う。

「こちらなら、形もシンプルですから、まだ気持ち的にマシかと」

「……殿下の服を借りるというのは、無理なんですか?」

「殿下に進言はしておきますが……私の一存では、ちょっと」

申し訳のなさそうな顔でザーラは言う。

彼女の立場を考えると、主の命令には背けないのだろうとは思う。

この時点で樹の選択肢は二つになった。

このまま裸でベッドにいるか、それとも出された服を着るか。

女性物の服を着るのは、アーディルに従うようで嫌だった。

だが、このまま裸でベッドにいれば——アーディルが帰ってきた時に、また襲われるかもしれない。

結果、樹が選んだのは、

「着替えたら、広間に行きます」

女性ものの服を着る方だった。

樹の返事に、ザーラは頷くと先に部屋を出た。

——こんな目に遭うなんて……。

騙して連れてこられ、犯されて、あげく女装だ。

考えると気が重くなるどころじゃない。

だが、落ち込んでいても事態は好転しない。

――ハレムの正確な間取りや、位置が分かれば逃げ道も見つかるかもしれない。

そのために、着替えて部屋を出るのだと、自分に言い聞かせる。

そうでもしないと、やり場のない怒りと空しさでどうにかなりそうだった。

◇◆◇

広間の大きな壁一面にスクリーンを下ろして観た映画は、ちゃんとした映画館で観るのとほとんど同じ――いや、音響なども完璧に整えられていて臨場感はそれ以上にたっぷりで、つかの間、現実を忘れることができた。

アーディルがハレムに戻ってきたのは、映画を観終えてザーラが入れてくれたお茶を飲んでいる時だった。

「寝室での籠城《ろうじょう》は諦めたようだな」

ソファーに腰を下ろしている樹を見つけ、アーディルはどこか嬉しそうに聞こえる声で言った。

だが、樹は口を開かず、アーディルの方を見ることもしなかった。

「今まで映画をご覧になっていたんですよ。アーディル様がお戻りにならなければ、もう一本くらい拝見しとうございましたわ」

一緒に映画を観ていたザーラが笑いながら言い、広間に流れかけた嫌な空気は払拭《ふっしょく》された。

「なんの映画だ?」

「『大脱走』です。初めて観ましたが、とてもおもしろい映画でしたわ」

映画のタイトルを聞いて、アーディルは片方の眉だけを持ち上げた。

「なるほど、映画を見て脱走の参考にするつもりだったのか?」

それにザーラは声を立てて笑った。

「まさか。映画では何人もの囚人で力を合わせて長い時間をかけてやっと、ですよ。樹様お一人では何十年かかるか……参考にはなりませんわ。モチベーションを上げるのに役立つ程度で」

「モチベーションを上げる程度で出られる場所ではないからな、ここは」

アーディルは笑って言うと、

「ザーラ、夕食の準備をしてくれ」

そう命じた。

「かしこまりました、すぐお持ちします」

ザーラがそう言って下がろうとするのに、樹は急いで言った。

「ザーラさん、俺はいりませんから」

樹の言葉に、アーディルは眉を寄せた。

「まだそんなこと言っているのか」

「俺のことは放っておいて下さい……っ」

樹はそう言うとソファーから立ち上がる。少しはましになったものの、体の痛みはまだ残っている。その元凶であるアーディルと顔を合わせていることさえしたくないのに、一緒に食事などあり得なかった。

だが立ち去ろうとする樹に、アーディルは笑みを浮かべたまま言った。

「すでに作られている食事を無駄にするのか？　おまえが病院を建てたいと願う地域にも、食事にありつけず飢える子供は大勢いるぞ」

病院を建てて人を助けたい、と言いながら、食事を無駄にすることの矛盾を指摘されて、樹はアーディルを睨みつけた。

しかし、返すべき言葉を見つけられず唇を噛む。

「ザーラ、準備を」

成り行きを見守っていたザーラは、アーディルの言葉にかしこまりました、と頭を下げ一度ハレムを出た。

樹は立ち上がったものの再びソファーに腰を下ろすのも滑稽《こっけい》だし、このまま突っ立っているのもどうしたものかと思ったが、どうにもできず、立っているしかできなかった。

そんな樹をアーディルはじっと見ると、

「服は他にもいろいろあっただろう。そんな簡素なものでなくとも」

不満げな顔をした。

「……好きで着ているわけじゃない」

樹は吐き捨てるように返す。

「なら、裸でいてもいいんだぞ。どちらでも、私は歓迎だからな」

嘲笑《ちゆうしょう》を浮かべるアーディルに樹は食ってかかろうとしたが、回廊の方から聞こえてきたワゴンの音に気づいてやめた。

「すぐに準備できますから」

広間に姿を見せたザーラは、その言葉通りあっと言う間に食事の準備を調える。

アーディルがまず食卓に向かい、樹はその後を渋々追い、ザーラが準備してくれた席に腰を下ろす。

テーブルに並べられたのは、どれもおいしそうなものばかりだった。

そして、実際にとてもおいしかった。

昨日、機内で軽く昼食を取った後、水分は取ったが食事はしていなかった。そのせいで、食欲だけはある。

それもなんだか悔しかった。

――もう、こうなったら『毒を食らわば皿まで』だ。

樹は開き直って、出される料理をすべて食べた。

デザートに出てきたシャーベットの飾りのミントまで食べる開き直り様だ。

もっとも、樹が食事を取っていないことを心配していたアーディルとザーラはそれで安心した様子だった。

アーディルを安心させるつもりはないが、いろいろと気を遣ってくれるザーラには心配をかけたくない。

だから、結果的にはこれでいいのだと思うことにした。

食事を終えると、ザーラは手早く食器をワゴンに片付け、アーディルとアラビア語で何か二言、三言、言葉を交わしてからハレムを出た。

アーディルと二人きりになり、樹はアーディルの出方を待つか、自分から口を開くかしばらくの間考えた。

樹は動くのが億劫《おっくう》で、ダイニングチェアーに腰を下ろしたままでいたが、アーディルはソファーセットへと移動した。

そこで雑誌を広げ始めたアーディルに、樹は言った。

「殿下、俺、日本へ帰りたいんですが」

その言葉にアーディルは雑誌から目を離し、樹へと視線を向けた。

「日本へ？」

「俺は、殿下がどういうつもりで『役に立て』とおっしゃったのか、存じ上げませんでした。知った今でも承服しかねています」

「それは、契約内容をちゃんと聞かなかった樹の落ち度だろう。私はあの時点で問われなかったから言わなかっただけだ」

平然とした口調でいうアーディルに、樹は食ってかかりそうになるのを必死で堪えた。

「ええ、確かに聞きませんでした。ですが、まさか夜伽《よとぎ》を命じられると思っていませんでしたし、眠っている間に日本を出ることになるとも思っていませんでした。――急に日本を出たことで家族は心配していると思います。まったく連絡を取っていませんし」

服だけではなく、持っていた携帯電話も取り上げられて、連絡のしようがなかった。

だが、そんな樹の言い分をアーディルは鼻で笑う。

「私がそういう初歩的な連絡を怠《おこた》ると思っているのか？　すでにおまえの家族からは了承を得ている。ＮＧＯ団体の方にも、仕事の都合でしばらく連絡が取れなくなると思うが心配しないようにと言ってある」

そう言うとアーディルは立ち上がり、樹の方へとゆっくりと歩み寄ってきた。

「おまえにできることは、ここで私の機嫌を取って、気前よく病院の建設費を出したくなるように過ごすことだけだ」

「……そんな金いるか！」

敬語もへったくれもなく、樹は吐き捨てるように言ったが、すぐ目の前まできたアーディルは気にした様子さえ見せず、

「金を出さずと抱いてもいいというのなら、それは好都合だがな」

樹の頬へと手を伸ばす。その手を、樹は撥ね付けた。

「ふざけんな！」

それにさえ、アーディルは笑みを浮かべる。まるで、人に慣れない子猫が威嚇《いかく》している程度にしか感じていない様子だ。

「とりあえず、今夜は抱かないでいてやる。おまえの体の調子がよくないからやめておくようにと、ザーラに忠告されたからな」

さらりとアーディルは言ったが、樹は目を見開いた。

「ザーラさんに……？」

「まさか気づかれていないとでも思っていたのか？　寝室のシーツを交換しているのはザーラなんだぞ」

当たり前と言えば、当たり前のことだった。

ザーラに知られていないように、という願望が、不都合な事実に気づかないようにさせていた

のだろう。

「分かったら、ハレムの住人らしく私の機嫌を取ったらどうだ？」

「誰がそんな真似をするか！」

樹は半ば叫ぶように言うと、勢いよく立ち上がった。無論、腰からは未だ取れない痛みは走ったが、樹は怒りに任せて広間を横切った。

とはいえ、行き先は一つしかない。

唯一、樹が籠もることのできる寝室だ。

部屋の扉を閉めると、手近にあったイスで簡単なバリケードを築きベッドに腰を下ろす。

「……はぁ…」

思わずため息が出た。

日本に帰れないことも、逃げ出せないらしいこともショックだったが、一番ショックだったのは、ザーラにアーディルにされたことを知られていたということだ。

それでも普通に接してくれていたということは、こういうことに慣れているからかもしれないのだが、樹は居たたまれなかった。

「シャワー浴びて、寝よ……」

眠れる気分でもなかったが、起きていてもすることがない。

樹はシャワーを浴びてさっぱりすると、電気を消してベッドに横たわった。

ドアを一枚隔てた広間ではアーディルがいるはずなのに、何の気配もしなかった。おそらく、さっき見かけていた雑誌を読んでいるのだろう。

窓からは虫の声が少し聞こえていた。

それを聞いているうちにうとうととしてしまっていたのだが、樹は傍《かたわ》らに誰かが腰を下ろした気配で目を覚ました。

「……誰…」

「私に決まっているだろう」

暗闇の中、聞こえたのはアーディルの声だった。

「どうして、ここに……俺、入れないように……」

バリケードをしておいたはずだ。簡単なものだが、無理に開けたのだとすればかなり騒がしく音がしたはずだ。

それに気づかないほど深く寝入っていたわけではない。

その疑問に対する答えはすぐにもたらされた。

「ここはハレムだと言っただろう。王の部屋から、女の部屋へと入るには何もドアからだけとは限らない」

「抜け道……」

「とも言うな。もっとも逆は無理だから、厳密には抜け道ではないが」

アーディルは薄く笑って、樹の隣に身を横たえた。それに樹はあからさまに体を離そうとベッドの上を移動する。

「そんなに警戒するな。さっきも言っただろう、今夜はしない、と」

「なら……別の部屋で眠ればいいじゃないですか」

「私がどこで寝ようと私の勝手だ。……逃げても無駄だぞ。どこまでも追っていって、おまえの隣で眠るからな」

嫌がらせだと思った。

樹が反抗する様を見物するつもりなのだろう。

それなら居直った方がマシだ。

「ハレムがこんなに悪趣味な建物だとは知りませんでした」

精一杯、憎まれ口をたたき、樹はアーディルに背を向ける。

その言葉にアーディルは笑った様子だったが、何も言わなかった。

どうやら『しない』という言葉は本当らしく、アーディルはそのうち寝息を立て始めた。それに樹はほっとして、不必要に体に入っていた力を抜く。

もともと、うとうととしかけていた樹は、緊張が解けてしばらくするとゆっくりと眠りへと引き込まれた。

◇◆◇

翌朝、目が覚めるとすでにアーディルはいなかった。

遅く目覚めた昨日と違い、今日は八時過ぎに目を覚ましたのだが、それでは遅すぎるようで、ベッドに体温も残っていなかった。

もっとも顔を合わせたいわけではないから、会わずに済んだのはよろこぶべきことなのだが、樹にはもう一人、顔を合わせたくない人がいた。

だが、その人物は爽やかな笑顔で樹の前に姿を見せた。

「おはようございます、樹様。朝食になさいませんか？」

無論、ザーラだ。

昨日までは、ザーラといるとほっとしたのに、今日は物凄く居心地が悪かった。

ダイニングで朝食を取りながらも、その居心地の悪さで食は進まず、樹は意を決してザーラに問いかけた。

「あの、ザーラさん」

「なんでございますか？」

にっこりと笑顔を見せるザーラに、固めたはずの決意が揺らいだが、このまま聞かずにいたら延々と同じことでもやもやとしそうで、思い切って聞いた。

「ザーラさんは、殿下がどういうつもりで俺をここに連れてきたのか、ご存じですよね？」

さすがにストレートには聞けなかったが、

「ええ、存じております。樹様はとても美しくて魅力的な方ですから、納得致しました」

ザーラは真意をくみ取った返事をした。

「納得って……」

「アーディル様が恋愛対象の性別を問わない方だというのは、身近な者なら知っておりますから。戒律的な問題や、王族は国民の手本となるべきという世間の見方もあって、決して表に出す話ではありませんけれど……。ああ、でも、ハレムに呼び寄せられたのは男女を合わせても樹様が初めてですのよ」

ザーラのその言葉に、樹は眉を寄せた。

「軟禁しやすい場所だからじゃないんですか？」

それにザーラは苦笑する。

「それもないとは申しませんけれど、ハレムというのは特別な場所なんですよ」

アーディルが樹をここに連れてきたことを肯定しようとする言葉に、樹はますます眉を寄せる。

どう特別か、など聞きたくもなくて、

「とにかく、俺は殿下に騙されたんです。寝てる間に飛行機に乗せられて、ここへ連れてこられたんです。それに、殿下とだって同意の上で関係を持ったわけじゃないんですから……っ」

自分の立場と状況を訴えたが、ザーラは、

「あら、そうでしたの？」

ざーんねーん、とでも付け足しそうな様子で言った。

「『そうでしたの？』って、とてもうまくいってるって状況じゃなかったと思いますけど」

「いえ、てっきりハレムに到着早々、一人にされて怒っていらっしゃったのかと思って。怒ってるところへ殿下が無茶をなさって、それでさらに怒っていらっしゃるのかなと思ってたんですけれど、違ったんですね」

恐ろしいまでのザーラの『前向きな誤解』に樹は頭が痛くなりそうだった。

「全然違います」

即座にそう言ったが、

「でも、殿下は優しくていい方ですよ」

ザーラはにっこり笑顔つきでそう返してくる。

「『優しくていい人』が拉致監禁をやらかしたりしません」

樹はそう否定した。が、

「情熱的な方ですから」

返ってきたのは、どこまでもポジティブな言葉だった。

あまりにポジティブすぎて、樹は返す言葉を探せない。そんな樹に、ザーラは続けた。

「アーディル様は、確かに他の方への接し方に時々難が出る方だとは思います」

そう前置きをして、少し考えるような間を置いてから、アーディルの出自について語り始めた。

「アーディル様をご出産になった後、王妃様は体調を崩されて、アーディル様を置いて静養に向かわれました。それで、アーディル様が生まれる三カ月前に子供を生んだところだった私の母が乳母としてアーディル様のお世話をすることになったんです。父が、王にお仕えしていましたし、信頼を寄せていただいて」

できる限り分かりやすく、事実のみを伝えようとしている様子だったが、ザーラの口調は少し同情的だった。

「ザーラさんのお母さんが乳母ということは……ザーラさんは、殿下と同い年…?」

アーディルは樹よりも五つ年上で、三十二歳だ。ザーラはとても三十を越えているようには見えず自分と同じか、上でも二歳くらいだろうと思っていた樹は驚いた。

「いいえ、違います。その時母が生んだのは私の兄です。私は二十五歳ですから、まだ」

自分よりも年下だということは、それはそれで驚きだったが、女性にあまり年齢のことをとやかく言うのもためらわれて、そうですか、とだけ樹は言った。

「私は妹のように可愛がっていただいて、幼い頃からそばにいさせていただきましたが、あの通

りの外見の方なので、黙っていても周囲の方が放っておかない感じでした。第三王子というお立ち場もあって、自分から相手の機嫌を取るとか、そういうことは本当に不得手でいらっしゃいます。樹様に不快な思いをさせてしまったのだとすれば、おそらくそのせいかと」

アーディルの侍女な上に、乳兄弟ともなれば、ザーラが擁護的なのも分かる。だが、

「だからって、人の意思を無視していいって話にはならないと思います。とにかく、俺はここにいたくているんじゃないし、殿下とどうこうなるつもりもありません」

アーディルにしたって、あくまでもビジネスなのだ。

病院の建設費を出す代わりに、後腐れのないセックスの相手として連れてきただけで。

「アーディル様には、樹様がそうおっしゃっていたとお伝えしておきますわ。私の一存では、樹様をどうして差し上げることもできなくて……すみません」

申し訳なさそうに謝るザーラに、樹は慌てた。

「ザーラさんのせいじゃ……」

「いえ、お客様に気持ちよく過ごしていただくのが私の役目ですし、樹様は初めてアーディル様がハレムに連れていらした方でもありますから」

ザーラはやはりにっこりと笑う。

「それはやっぱり、そういう相手としてっていう意味ですよね?」

樹の呟きにザーラは頭を横に振った。

「そればかりではございませんわ。アーディル様には、親しいご友人は少ないんです。あえてそういう相手をお作りにならない感じで。学生時代に親しくなった後で自分のお立ち場や権力、財力といったものが目当てだったという方が何人もいらっしゃったからじゃないかと、兄は申しておりましたけれど」

「ザーラさんのお兄さんは、親しい友人、ではないんですか？」

妹のザーラがアーディルの侍女をしているのだから、乳兄弟であるザーラの兄はもっと近い存在であるはずだ。

「今は、違います」

「今は？」

「ええ。仲たがいをしたというわけではないんですが、兄は今、父の跡を継いで政府の人間として働いているんです。公人となった兄は『アーディル様の親しい友人』という立場よりも、国の人間という立場を重視しなくてはならなくなりましたから」

「公私の区別、ということですか？」

それにザーラは頷いた。

「はい。兄は、仕事に就くべきかどうか、悩んでいました。公人となる意味を、父を見て存じておりましたから。ですが、アーディル様が背中を押したんです。望まれ、また力を発揮できる仕事に巡り会えることは、人生でそう何度もないから、と」

そう言ったザーラは寂しそうだった。

乳兄弟として、また侍女として、アーディルが抱える孤独を間近で見てきたのだろう。

「でも、今はあなたがいらっしゃるじゃないですか」

樹が言うと、

「兄のようには参りません。それに『口うるさい妹』が『口うるさい侍女』になったものだから、閉口していらっしゃいます」

ザーラは肩を竦めて笑った。

それに、樹はどう反応していいか分からず、朝食の続きを食べ始めた。


アーディルがハレムに戻ったのは夕方だった。

それまでの間、樹は病院のことについていろいろと考えたり、置いてある雑誌を見たりしていた。

それくらいしかすることがないからだ。

昨日のように映画を観ることもできるのだが、そんな気分ではなかった。

アーディルが戻ってくれればすぐに夕食が準備され、それが終わるとザーラは帰る。

ハレムには、また二人きりだ。

樹は食事の後、早々に部屋へ——といっても、樹が出入りできる部屋は今のところ寝室だけなのだが——戻ろうとしたが、寝室には無論ベッドがある。

そこに入るということは、危険な気がした。

何しろ、樹には分からない隠し扉があるらしく、アーディルは昨夜そこを通って部屋に入って来たのだから。

仕方なく広間のソファーに腰を下ろし、昼間にも目を通した雑誌を広げた。

それを見ているように装っていると、アーディルは樹の隣に腰を下ろした。そして、抱き寄せるように肩に腕を回してくる。

「……暑いからやめて下さい」

「暑い？　では空調の温度を下げよう」

アーディルはそう言って、空調のリモコンを手に取った。

「そういう意味じゃありません。触らないで下さいって言ってるんです」

「触るな？　ああ、普通に肩を抱かれるだけでも感じてしまうからか？　確かにおまえは感じやすい体を——」

「殿下！」

樹はアーディルの言葉を遮《さえぎ》った。

「そのことについても、俺は殿下と話し合わなければなりません。俺は、自分で納得してここにいるわけじゃないんです」

樹の言葉に、アーディルはため息をついた。

「まだそんなことを言っているのか？」

「まだって、今までちゃんと話し合ったことなんかないじゃないですか！　殿下が一方的に主張をごり押ししただけで」

話を聞いてももらえず、強引なやり方に流されただけだ。

だが、アーディルは平然と、

「私はおまえをここから出す気はない。ここに置く間は、おまえが望む、望まないにかかわらず私の好きにするつもりだ」

と、どう考えても道理が通らないことなのに、当たり前のことのように言う。

「だから、そんな権利、殿下にはないでしょう？　俺をなんだと思ってるんですか！」

「契約内容の確認をしなかったおまえのミスだろう？　とにかく、私は私の好きにする。それは決定事項だ。それなら、おまえも楽しんだ方が得だと思うが？」

「楽しむ？　あり得ません！」

樹は即座に返した。しかし、アーディルは口元に淫靡な笑みを浮かべた。

「あれだけ悦がっておいては、説得力はないな」

その言葉に、樹は思い出したくない己の痴態の一旦が脳裏に蘇《よみが》ろうとするのを感じた。

「あれは……っ」

「とにかく、おまえがどう思おうと抱くつもりだ。それならそれで、私から金を引き出した方が得策だろう? おまえのサービス次第では、病院の建設費だけではなく、医療機器や当面の維持費についても考えるぞ?」

なんて嫌な奴だろうと思う。

昼間、ザーラの話を聞いて、ほんの少しでも『寂しい人なんだろうか』などと同情しかけた自分がばかばかしくなる。

「なんでも、金で解決するんですね」

「それがおまえが望みだろう?」

病院の建設資金が欲しいと言ったのは確かに自分だ。

ずっとそれが夢だった。

だが、それを小馬鹿にしたようなアーディルの言い方に、樹は頭に血を上らせた。

「ええ、そうですよ。それが俺の望みです」

「その望みが、何ヵ月か俺に身を任せるだけで叶うんだ。悪い話ではないと思うがな」

ハレムから出ることは、おそらく不可能だろう。

アーディルの言うとおり、何ヵ月か――最初の約束では三ヵ月から半年ということになっていたが――ここで体を好きにさせれば、あと何年かかるか分からなかった資金が手に入るのだ。

「じゃあ、せいぜい対価をはずんで下さい」

自分の感情を『資金のため』と押し込め、半ばヤケになって、樹は言った。

「今度こそ契約は成立だな」

アーディルはそう言うと、樹を抱き寄せると口づけた。

激しくなる口づけに翻弄《ほんろう》されながら、樹は、しばらくの我慢だ、と自分に言い聞かせた。

5

空調の利いた広間のソファーで寝そべり、樹はうとうとと惰眠を貪っていた。

アーディルの挑発的な言葉に頭に血を上らせ『高い値段をつけやがれ』とばかりに体を投げ出すことを決めて二週間。

毎夜、アーディルに抱かれる樹の疲労はかなり濃い。

そもそも、一度で終わってくれることなどほぼなく、少なくとも二度はされる。下手をすれば明け方近くまで延々抱かれて、目が覚めたら夕方などということもあるくらいだ。

そんな日でも、夜は夜でまた致される。

——どれだけ滾《たぎ》ってんだよ、ホントに。

やりたい盛りの十代以上だと思う。

おかげで昼間はこうして、うだうだとしながら体力の回復を待つ日々だ。

とはいえ、逆らいさえしなければ無茶はされないし、アーディルは基本的に優しい。それに、ザーラも献身的に身の回りの世話をしてくれる。

だが、どうしてもこの状況を受け入れることはまだできない。

道徳的に、こういう爛《ただ》れた生活はどうなんだろうかと思ってしまうのだ。

「どうした?」

不意に、アーディルの声が頭上から降ってきて、樹は目を開ける。

ソファーに寝そべっている樹だが、アーディルにひざ枕をされている状態なのだ。もっとも最初は違った。

アーディルは出掛けていておらず、樹は一人でソファーにいた。

だが、予定が変更になり、早く帰って来たアーディルは座るところは他にもあるのに、わざわざ樹のところに来て、強引にひざ枕をしてくれたのだ。

「どうしたって、何が?」

「今、ため息をついただろう?」

その指摘で、樹は初めて自分がため息をついていたことに気づいた。

「何を考えていたんだ?」

問われ、樹は少し考えてから口を開いた。

「ちゃんと病院ができるのかどうか、心配なだけです」

本当のことは言えなくて、適当な、けれど実際に心配していることを言った。

「私がちゃんと資金を提供するかどうか、という意味か?　それなら心配するな。サービスがいいとは言えないが、柔順な態度は気に入っているから、そこそこ安心しろ」

アーディルが笑って言うのに、樹は少し眉を寄せる。

「そこそこって……」

だが、それにアーディルは答えず、代わりに聞いた。

「それにしても、おまえはなぜそんなに病院建設にこだわるんだ？　外務省に残っていれば出世しただろうし、給料も少なくともあの団体にいるよりもよかったはずだ。わざわざ苦労するような真似をどうしてしてした？」

「昔からの夢だったんです。子供のころ、あの国の戦闘をテレビで見て、何かしたいと思いましたけれど、子供がいくら騒いだところで、戦いをやめさせることは無理です。だから、せめて戦いで傷つく人たちを助ける側に行こうって。それで、樫尾さんは医者になって俺は外務省に入ったんです。樫尾さんの活動をサポートしようと思って。でも、思ったようにサポートができないということが分かったので、できる限りコネをつくることに専念して、辞めたんです」

「樫尾のサポート、ね」

「同じ夢を持っているので、樫尾さんをサポートすることが自分の夢にも繋がりますし。ただ、現地で大変な思いをしてる樫尾さんに、充分にできてるのかなって心配はありますけど」

「それは、ただの自己満足じゃないのか？」

そう言ったアーディルの顔は、随分と険しいものだった。

「殿下？」

「あの地域に今必要なものは他にもたくさんある。まずは秩序を取り戻し、無用な戦いをすべてやめさせることだ。そうでなければ、いくら病院を建てても、また破壊される可能性がある。そうなればイタチごっこだ」

無駄だと言わんばかりのアーディルに、樹は体を起こし、反論した。

「それはそうかもしれませんけれど、戦いをやめさせることは俺たちではできません。できるとすれば、それは殿下たちのように国を動かす力を持っている方たちじゃないんですか？　俺たちにできるのは、戦いで傷ついた人たちを治療することだけです」

「治療した者が、また戦闘に参加し、傷つく。結局は同じことだ」

「じゃあ、戦いはいつ終わるんですか？　いつ秩序が取り戻されるんですか？　それまでは助けられる命も見捨てろって言うんですか？　そんなこと、できるわけがないじゃないですか！　仮にそう命じられても、樫尾さんは治療を放棄しません。目の前に傷ついた命があるなら、絶対に」

樹は真っすぐにアーディルを見た。

アーディルも真っすぐに樹を見ていた。

「底の抜けた瓶に水を貯めようとしても、無駄だ。やがて失われていくだけだ」

アーディルは冷めた声で言うと立ち上がり、広間を出ていこうとする。

ダイニングのテーブルで自分の用事をしていたザーラがそれに気づき、アラビア語で何か告げる。アーディルは短い言葉を返し、そのまま広間を出た。

向かう先は、樹が立ち入りを許されていないハレムの区域だろう。そこにはアーディルの書斎と私室があるのだとザーラは言っていた。

「『自分のできること』をやるしかないじゃん」

樹は小さく呟く。

「樹様、気になさることはありませんわ。よくある、我儘《わがまま》病です」

話を聞いていたわけではないだろうが、二人の様子で険悪な何かが起きたことは簡単に分かったのだろう。ザーラはいつもの穏やかな声でそう言った。

「別に気にしてなんか……」

「ええ、そうですわね。アーディル様は自分の意見が通らないとすぐに拗《す》ねてしまわれますもの。きかん坊で困ります」

そう言って、ザーラはふふっと笑う。

ザーラの方が年下なのに、自分よりもはるかに年上なんじゃないかと錯覚するほど、彼女は面倒見がよく、包容力があった。

「ザーラさんは、余裕ですよね、いつも」

「慣れですわ。私が生まれた時からのつきあいですもの」

やはり、そう言って笑う。

だが、慣れ、という以上のものを樹はザーラから感じる。まだ知り合って二週間ほどの自分でさえ、彼女には全幅の信頼をおいてしまいそうなほどだ。

「ああ、そうですわ。ちょうどいいから、アーディル様がいらっしゃらない間に、ケーキを食べてしまいましょう。これから、と思った時に帰っていらっしゃるんですもの」

ザーラはそう言うとキッチンへと向かう。冷蔵庫には宮殿のシェフにザーラが特別に注文したケーキが入っているのだ。

それを二人で食べようとした時にアーディルが戻ってきて、食べられなかったのだ。

小さめではあるが、ホールケーキなので、アーディルがいた時に三人で食べてもよかったんじゃないかと後で言ってみた。

それに対するザーラの返事は、

「三人で食べると、一人当たりの取り分が減るじゃないですか。甘いものに関しては、主従は別です」

というモノだった。

確かに出されたケーキは、甘いものが特別好きというわけではない樹でさえ、また食べたいと思うものだったので、ザーラの答えも分かるのだが、それをはっきりと言ってしまうのも、ザーラらしい、と思う樹だった。

ザーラの言った通り、夕食にはアーディルが戻ってきたが、ぎこちない空気は残ったままだった。

夜は夜で、一応お勤めは果たしたものの、互いに気乗りがしない——自分の気が乗っている時などない、と樹は思いたいのだが、アーディルも珍しく淡泊だったから余計にそう感じた。

「なんだかなぁ……」

そんな状況が二日ほど続き、樹は淀んだ気持ちでいっぱいだった。

これまでも現状に甘んじてしまっていることへの苛立ちや、道徳観が侵されていることへの危機感などで、すっきりとした気持ちにはなれなかったが、今はそれらとまた違う感じなのだ。

違うというよりも新たな悩みがプラスされた感じなのだ。

その悩みというのは、どうしてもアーディルには理解してもらえない、というものだ。

——病院を建てたいっていうのは、そんなに悪いことなのか？

もちろん、アーディルの言っていることもわかる。

病院だろうとなんだろうとかまわずに攻撃し、破壊してきたあの地域の戦闘は、一応休戦状態に入ったというものの、それは大掛かりな戦闘がなくなったというだけで、小さな戦闘は幾つも繰り返されている。

仮初《かりそ》めの平和さえ、訪れていないのだ。

そんな地域に病院を作っても、また壊される可能性はある。無事に建つという保証もない。

だから、先に秩序を取り戻し、箱物は後で、というのも理解できる。

しかし、どれだけ待てばいいのか分からない。

時期尚早と言われることも分かっているから、病院の建設予定地はこれまでの戦闘でも被害が少なかった地域を選んだのだ。

「何で、分からないんだよ」

これまでもアーディルは説明の途中で否定的になり、樹に説明を続けさせなかった。

「分からず屋」

樹がそう呟いた時、

「今日は独り言が多いんですね」

ザーラが笑いながら言った。

広間のソファーでうだうだと過ごすしかないと、どうしても気にかかっていることばかりを考えてしまう。

考えて解決する問題でもないのに、だ。

「浮かない顔をしていらっしゃいましたわ。何か心配事ですか？」

そう聞かれても、アーディルのことで悩んでいる、とは答えたくなかった。

「ストレスが溜まってるんです。ここは快適だし、ザーラさんもとてもよくして下さるけど、閉鎖された空間だから、どうしても……」

それも、確かに気が晴れない理由の一つだ。

「確かにそうですわね。だから歴代のハレムの女性は、壁に外の世界を描かせたり、中庭の庭園造りに凝ったりなさいましたもの。樹様も、バーンと何かなさいますか？　たとえは、ホームシアターに使うあの壁に何か描いてみるとか」

「そんなことをしたら、これから映画を観るのに困りませんか？」

「だって、樹様はあまり映画をご覧にならないでしょう？　アーディル様が困るだけですから、樹様の気が晴れるなら別にいいんじゃないですか？」

ザーラはさらりとそんなことを言う。

「そんなことをしたら、ザーラさんが殿下に叱られませんか？」

それにザーラはにっこりと笑った。

「私はアーディル様から、樹様がここで快適に過ごせるようにはからえと命じられておりますから、それで樹様の気が晴れるのでしたら褒められこそすれ、怒られるようなことにはなりませんわ」

つまり、何があっても文句など言わせない、ということなのだろう。そして、アーディルは多分、言い返すことはできない。

ザーラが直接アーディルに反論したところは見たことがないのに、簡単に想像がついてしまって、樹は吹き出した。

その様子にザーラはほっとした顔を見せる。

それに、かなり心配をかけていたことを樹は知った。

――ダメだな、年下の女の子に心配かけるなんて……。

樹は胸のうちで反省する。

アーディルがどう思っていようと、ここで体を好きにさせてさえいれば病院は建つのだから、と自分に言い聞かせて、理解してもらおうなどと思わないようにしようと決めた。

◇◆◇

アーディルが意外なことを樹に言ったのは数日が経ってのことだった。

理解を求めないと決めてしまうと、樹の中で凝り固まっていた反発心のようなものは姿をひそめ、二人の間にできてしまった溝のようなものは、一時的にかもしれないが、消えていた。

そんな中、いつものように夕食前に戻ってきたアーディルは、

「明日から三日ほど、砂漠で暮らす幾つかの部族に会いに行くから、ついて来い」

突然そう言ったのだ。

「砂漠へ？」

「嫌か？」

それに樹は頭を横に振る。

「そうじゃないです。……ここから、出られると思わなかったから」

「行き先が砂漠ではおまえも逃げ出すわけにはいかないだろうからな。逃げ出そうものなら、かなりの高確率で遭難して渇死だ」

アーディルはどこか人の悪い笑みを浮かべて言ったが、たとえ数日でもここから出られるのは嬉しかった。

「ザーラに準備を調えるように言ってあるから、おまえはいつもより少し早く起きるだけでいい。もっとも眠り姫には、難しい注文か？」

「早く起きられるように、配慮してくれれば済む話です」

樹の言葉にアーディルは薄く笑う。

「おまえの体力がないせいだろう？　まあ、慣れない者にとって砂漠を行くのは厳しいだろうから、今夜はゆっくり眠らせてやる」

その言葉通り、その夜は一緒に寝ても何事もなかった。

ただ、翌朝、樹はちょっとした災難に見舞われたのだが。

乾いた風が吹き抜ける砂漠を、樹とアーディルを乗せた車は真っすぐにオアシスへと向かっていた。

――こんな大掛かりな移動だなんて思ってなかったな……。

樹は軽く後ろを振り返り、連なる車を見て胸のうちで嘆息する。

二人を乗せた車の前後には護衛の車が二台あり、食料品や水などの必需品や様々な機材を載せたトラックが数台続いている。

駱駝《らくだ》で砂漠を、という童謡に出てくる光景を思い描いていた樹は、かなり驚かされた。

だが、特別なことではなく、王族が砂漠の部族を訪ねる時は概《おおむ》ね似た装備らしい。

「伝統的な生活を守っている彼らに負担をかけることはできないからな」

アーディルは短く言い、樹をじっと見た。

「似合っているじゃないか、その化粧」

「……ありがとうございます」

気に入らない様子で礼を言うと、アーディルは笑った。

今朝、樹の支度を手伝いにきたザーラに、日焼けを防ぐためと、女性の身だしなみとして化粧を施されたのだ。

抵抗しようとしたのだが、ハレムの客人を同道するということを護衛たちに告げてあるため、その樹が男だとバレては都合が悪い。そのため、女性がする平均的な化粧を、と言われてザーラにしてもらったのだが、正直、とても落ち着かない。

頭の上から被り物をしてしまうので、露出するのは目元だけなのだが、その目元のメイクが凄いのだ。

クレオパトラか！　と言いたくなるようなアイメイクに、濃いんじゃないですか、とひるんでしまったが、ザーラは平均です、と言って取り合ってくれなかった。

実際、ザーラがしているメイクと大差はないのだが、普段の自分と全然違う顔が鏡に映っていて、その顔を見られているのだと思うと、本当に落ち着かなかった。

――リヤードさんだって、微妙な顔してたし。

男子禁制のハレムには、アーディルの従者と言えどもリヤードは入ってこられない。ハレムに監禁されている樹がリヤードと会うのは、この国に着いた時以来だった。

女性の衣装を着ている上に化粧を施された樹の姿に、もともと無口なリヤードは何も言わなかったが、視線が合った時の空気が非常に微妙だった。

「エキゾチックで、とても美しい」

アーディルはそう言ったが、

「目元だけしか見えないからですよ」

樹はそっけなく返し、これ以上容姿のことについて話題を続けたくなくて聞いた。

「今日は、砂漠の部族の人と会って何を？」

その問いに、アーディルは少し面倒そうな表情を見せた。

「定期的な訪問の一環だ。砂漠を移動し続ける彼らが王宮へ来ることは難しいからな。私たちのほうから出向き、生活に困るような事象が起きていないかなどを確かめる。今日訪れる予定の部族とは半年ぶりだな。前回は兄が訪れているはずだ」

半年ぶりというのが、どの程度の頻度なのか樹には分からなかった。

そうですか、とだけ返し、樹は窓の外に目を向ける。

砂の世界はどこまでも続いていた。


三時間、車はひたすら走り続け、ようやくオアシスに到着した。

永遠に続きそうな砂の世界の中に現れた緑豊かなオアシスは、樹の想像を超えた広さだった。

樹のオアシスのイメージは砂漠にポツン、とほんの少しささやかに存在する水辺だったのだが、このオアシスは少なくとも野球場が二つ分はあるんじゃないかと思える大きさだった。

遊牧民のテントが幾つも並び、山羊や駱駝などの動物がのんびりと草を食《は》んでいる。それらの動物はみんな、遊牧民の飼育しているものだ。

遊牧民たちの集団は、到着した車列を少し離れた位置から見守っていたが、アーディルと共に車を降りると、待ち兼ねたように中から一人の老いた男が進み出て、アーディルの前に跪《ひざまず》き、アラビア語で何事か口上を述べた。

状況から、彼は部族の長老で、到着を歓迎するというようなことを話しているのだろうと察しをつけていると、男の目が一度樹へと向けられ、再びアーディルへと戻った。

それにアーディルがアラビア語で答える。

「アーディル様の奥方かと伺ったんですわ」

途中ですっと近づいてきたザーラが樹に通訳をしてくれた。

「殿下はなんて？」

「今はそうではないが、親しい友人だと」

「今はそうじゃないって……」

まるで将来的には分からない、とでも言うような言い方に、樹はぎょっとした。

「可能性の問題ではなく、敬意を払うべき存在である、という意味です」

ザーラがそう説明した時、

「私に判断を仰ぎたい事柄が幾つかあるそうだ。会議が行われるが、同席するか？　長老は君の同席を快く受け入れてくれたが……。それともオアシスの中で遊んでいるか？」

アーディルが聞いた。それに樹は少し考えた。

オアシスで遊んでいろと言われても、初めての場所では何をしていいか分からない。それなら、アーディルのそばにいる方がいい気がした。

「途中で退席することは可能ですか？」

「ああ」

「では、とりあえず同席させてもらいます。あまり場違いなようなら外れて、ザーラとオアシスを見て回ります」

それにアーディルは頷いた。

「分かった。では行こう」

樹は誘《いざな》われるままにアーディルと一つのテントの中に入った。

それは先遣隊が先に立てたテントで、中には百人ほどが敷き詰められた絨毯《じゅうたん》の上に座していた。

上座とおぼしき場所には豪華な椅子が幾つか並べられており、そのうちの幾つかには部族の長老たちが腰を下ろしていたが、アーディルが入ってくるといっせいに立ち上がった。

その中を進んだアーディルは迷うことなく中央の椅子に座した。樹は促されるまま傍らに腰を下ろし、ザーラは樹の斜め後ろに控える。

アーディルと王家を称える口上の後、会議は始まった。

いや、会議というよりも、裁判に近いと気づいたのはすぐのことだ。

最初に問題を解決してほしいと出てきたのは二人の男だった。

二人は兄弟なのだが、十年前に兄の方は遊牧民の暮らしを捨て、街へ出た。本来、財産は長男がすべて受け継ぐのだが、兄が部族を出たので弟が受け継ぎ、立派に仕事をこなしていた。

父親が昨年亡くなり、ほどなくして兄が戻って来て、遊牧民の暮らしに戻ると言い出したらしい。

そして、本来自分が受け継ぐべきだった財産だとして、弟が受け継いだ家畜をよこせと言い出したらしい。

ザーラの通訳に樹は眉を寄せた。

「そんな無茶なこと……。お父さんを看取ったのも、弟さんだろ？　いくら兄って言っても……」

「ですが、亡くなった父親は正式に弟に財産を譲るという申し立てをしていないようです。それがなされない限りこの部族では長男は長男として扱われますし、母親がまだ生きているのですが、彼女はやはり兄も自分の生んだ子供なので、多少はと思っている様子です」

ザーラもさすがに兄の言い分には不愉快そうだった。

樹はそっとアーディルを見たが、アーディルは表情を変えず、二人の言い分と二人をそれぞれに擁護する者たちの意見を聞いていた。

互いに一歩も譲らない主張を繰り返す中、アーディルが口を開いた。

「この者たちの母親は来ているか？」

その声に、座していた者たちの中から、一人の老婆が立ち上がった。

「私でございます」

「子供同士が諍《いさか》っている様子は、胸が痛いだろう。だが、弟の言い分はよく分かる。兄に代わりこれまで家畜を守り育て、父を看取った孝行者の息子だ」

その場にいた者たちは全員、アーディルがどういう判断を下すのか、言葉の続きを待った。

「亡き夫に嫁いで来た時、あなたが持参金としたのはなんだった？」

アーディルは突然意外なことを聞いた。なんの関係があるのか分からず戸惑った様子を見せながら、婦人は言った。

「駱駝と山羊をつがいで一組ずつです」

「では、弟が育てている群れから、駱駝と山羊のつがいを一組ずつ兄に。それを元に、遊牧の民としての生活をやり直すといい」

アーディルの言葉に、兄は不服そうな顔で言った。

「それでは、生活が成り立ちません」

「足りぬのであれば、他の者を手伝い、糧《かて》を得よ。おまえは、街での生活を夢見て長男としての責任を捨てた身だ。その責めは負わねばならない。おまえがそのわずかな財産を守り育てるのであれば、周囲は助力を惜しまないだろう。以上だ」

アーディルの言葉に、周囲は納得した様子だった。そして、兄もこれ以上は何を言っても無理だと悟ったのかおとなしく引き下がった。

「大丈夫なんですか、今ので」

樹はそっとザーラに聞いた。

「兄にとっては厳しい条件ですが、妻子もいないようですし、部族の中でまじめに仕事をしてさえいれば、助力は必ず得られます。富んだ生活は無理ですが、その日の糧に事欠くことはないはずです」

ザーラが説明しているうちに、次に問題を抱えているものが前に進み出た。

問題は、駱駝の売買に関するものだった。

購入した駱駝が、売買後わずか三日で死んだというのだ。

購入した男は、売り手が弱っていた駱駝を売り付けたと言い、売った男は決してそんなことはない、と主張する。

死んだ駱駝はすでに解体されて肉として売られた後で、死因の特定は無理だ。

だが、双方共に証人を出してきて、自分の正しさを主張する。

泥仕合になりそうだと思って樹は聞いていたが、アーディルは主張のすべてを聞いた後で、駱駝を売った側の責任は問わないとし、駱駝を買った男には駱駝の肉を売ったお金で新しい駱駝を購入するのに足りない分を国から補填《ほてん》するということで片付けた。

その後昼食を挟んで、家畜の餌場についての争いから、窃盗、暴行まで様々な種類の問題についていて、アーディルは意見を求められた。

いや、意見を求められるというよりは、裁判官のように、裁きを下していく。

水掛け論になりがちな関係者の主張を辛抱強く聞き、アーディルはできる限り公平に、時には厳しい判断をした。

樹の知っているアーディルは尊大で傲慢だったが、この場でのアーディルは威厳が漂っていた。

——こうしてると、格好いいっていうか……。

いや、いつもアーディルは格好いい。ただ、それを認められないだけで。

結局、一通りの問題が片付き、テントを出る頃には夕食の準備が整えられていた。

昼食もだったが、夕食も、ハレムで食べるものと大差ないものが準備されていた。違うのは、ここの部族から歓迎のためにと差し出された山羊肉を焼いたものが並んだことだ。

アーディルと共に彼らが抱える問題を聞いているうちに、彼らの生活は決して豊かではないことが分かった。そんな彼らにとって、丸まる一頭の山羊肉を供することは最上級のもてなしだと分かる。

アーディルは、部族民たちに誘われ、彼らと食事を取った。彼らのアーディルに対する態度には尊敬の他に、温かな親愛のようなものが感じられた。

「王族の中では、アーディル様が一番よく遊牧している部族を訪問なさいますし、先ほどのような揉め事の判断も的確ですから」

食事をしながら、ザーラは言った。ハレムでは決して一緒に食事を取ることはなく、今日も後で食べると言ったザーラに、一緒に食べてくれと頼んだのだ。

「確かに、あれほど我慢強いとは思わなかったよ。俺なら、互いに正反対の主張を繰り広げ始めたところで嫌になる」

「いいところもおありでしょう？　もっといいところをお知りになって、アーディル様のことを好きになって下さると嬉しいんですけれど」

そう言って笑うザーラに、樹は肩を竦めた。

「そこまで殿下の株を回復させるのは、かなり難しいと思います」

この生活に慣れかけてはいるが、アーディルに監禁されている立場なのだ。

それに、アーディルも自分のことを好きだというわけではない。ただ、妊娠の心配のないセックスの相手として気に入っているという程度だ。

「あら、残念ですわ」

ザーラは言いながらも、残念がってはいない様子だ。

ザーラと話していると、時々、自分が小さな子供になったような錯覚に陥ることがある。彼女の接し方が、母性を感じさせるからだろう。

食事を終えると、樹は野営用のテントに入った。

テントといっても、それはテレビなどで見る海外の軍隊が使っているような巨大なものだった。天井も高く、二メートル以上ある。

そんなテントが幾つか設営され、樹たちの滞在用のテントはその中でもひときわ立派なものだった。

内部は幾つかの部屋に区切られ、電池式のランタンが幾つも吊り下げられて中を照らす。足元は豪奢な絨毯が敷かれ、机と椅子はもちろん、ベッドやチェストまで備えられている。

何より驚いたのは、小さいがちゃんと浴槽まであることだ。

「砂漠で風呂って……」

オアシスで水浴びができればいい方だろうと思っていた樹は、驚きと同時に呆れまで感じた。

もちろん、王族の旅なのだから不自由のないようにと計らわれているのだとは思うが、それにしても砂漠で風呂は、贅沢の極みのように思えた。

樹は机のあった部屋に入り、用意されていた本を手に取った。

アーディルが入ってきたのは、その本のページを半分ほどまで繰った時だ。

「戻っていたのか」

「ええ、食事を終えてすぐに」

「こちらのご婦人方がおまえと話をしたそうにしていたから、てっきり彼女たちと一緒かと思っていた」

その言葉通り、確かに夕食の前から少し離れた位置に女性と子供のグループがいた。興味津々《しんしん》と言った様子だったのだが、外国人で、アーディルの妻でもない客にどう話しかけていいものか、悩んでいる様子でもあった。

樹はそれに気づいていたが、声をかけることはしなかった。

「一緒にいたら男だとばれるリスクが高くなりますから。ザーラに、人見知りが酷いからとでも適当な理由をつけて、失礼をしてしまって申し訳ないと謝っておいてもらえるよう頼んでおきました」

「確かに女性は勘が鋭いからな」

納得した表情で言った後、

「外へ出ないか。砂漠は星が綺麗に見える」

そうアーディルは誘った。

特に星に興味がある訳ではなかったが、久しぶりの外の世界だし、こんな機会がそうそうあるわけでもないからと、樹は誘いに乗った。

アーディルに案内されたのは、オアシスの外れにある岩場の高台だった。護衛が数人ついてきてはいるが、岩場に腰を下ろすと、彼らは姿の見えない位置に控えた。

そこからは、沈んだ太陽の名残《なごり》で暗いオレンジに染まる西の地平線が、夜に閉ざされていく様を見ることができた。

それはとても神秘的な光景で、樹は言葉もなく見入った。

完全に夜の帳《とばり》が下りると、アーディルの言葉通り、空には日本では見たことがないほどの数の星が瞬いていた。

「子供の頃、よく砂漠でこうして空を見上げた」

「子供の頃？　ザーラのお兄さんたちとですか？」

樹が問うと、アーディルは少し驚いたような顔を見せた。

「ザーラに聞いたのか？」

「乳兄弟だと……」

アーディルは頷いた。

「そう。ザーラの兄と、私と、数人の護衛を連れての小さな夜の旅だ。私の先祖はもともと遊牧民で、ここにいる彼らと同じように砂漠で生活をしていた。その血のせいか、砂漠にいると満たされるような気持ちになった。王子として生まれなければ遊牧民として暮らしただろうと思うほどだ」

「宮殿では、満たされなかったんですか？」

その問いに、アーディルは少し考えた。

「不自由をしていたわけではない。ただ空虚だった。自分の立場というものも、少し微妙だった。我が国では妻の身分で子供の順位が決まる。私の母は第一妃で私は三番目の王子として生まれたが、父にとっては王子としては六番目、すべての子供の中では八番目と、大して目新しくもなかったようだからな。特に興味を引かれはしなかったんだろう。母は、私を生んだことで体調を崩して療養に向かい、長く国に戻ってこなかった。戻ってきても、一番上の兄を立派な王子に育てることに精一杯だった。第二夫人が半年違いで生んだ王子が、優秀な人だったからな」

ザーラから、アーディルがどのように育ったのか大ざっぱなことは聞いたが、詳しく聞いたのは初めてで、樹は言葉に詰まる。

「……寂しかったでしょうね」

月並みだが、それが精一杯だった。

あまり興味を向けない父親と、療養から戻っても他の兄弟にかかりきりになった母親。

自分と似ている、と樹は感じた。

だが、樹の言葉にアーディルはまた少し考えた顔になる。

「寂しい、という感情に近いが、正確には違うな。……育ててくれた乳母はとても優しくいい人で、ザーラの兄もいい友だったから寂しさは感じなかったが、やはり遠慮があるのか、どこかよそよそしかった。――その二人の分も、ザーラはズケズケとものを言うようになったがな」

その言葉に樹は笑った。

「ザーラさんと一緒にいると、彼女の方が年下なのに、自分の方がずっと年下になったような気持ちになることがあります」

「同感だな。私はザーラが赤子の時を知っているのに、おまえと同じような気持ちになることがある。ザーラは昔から人の世話をやくのが好きだった。彼女の下にはまだ弟と妹がいるし、結婚した兄は妻に先立たれて、幼子二人を連れて実家に戻ってきているからな。その世話もほとんどザーラがしているんだろう」

アーディルはそこまで言って、少し間を置いて聞いた。

「樹の家族は？　確か兄がいると報告書にあったはずだが」

「報告書？」

「ああ。リヤードが簡単なものだが調べさせたと持ってきた。一応、私は王子という身分だから、近づく人物のことは全部調べさせているらしい。ざっと目を通しただけだが」

確かに、王子ともなると身の回りに注意を払わなければならないだろう。調べられても別に困るようなことはない。

「両親と、兄が二人います。俺も、殿下と一緒で三番目です」

「三番目？」

アーディルはふと考えたような顔になる。報告書には、兄は一人だと記載されていたのだろう。

「一番上の兄は十二歳年上で、弁護士をしてます。年齢が離れすぎていることもあって、子供の頃はほとんど接点はありませんでした。二番目の兄は七つ年上で、医者でした。八年前に事故で亡くなりましたけど」

それは、樹が大学生になった年だった。

将来の役に立つようにと救命救急で激務をこなしていた譲は、夜勤明けで家に帰る途中、駅へと向かう交差点で信号無視の車にはねられたのだ。

病院建設は三人の夢だったが、一番強く夢見ていたのは譲だった。

樫尾と直接言葉にしたことはないが、互いに譲の分もと思っている。

それが一番譲が喜ぶことだから、現状がどれほど厳しくつらいものでも、乗り越えようと思えるのだ。

だが、それを樹はアーディルには話さなかった。

同情を買おうとしていると思われるのも嫌だったし、樹はまだ、譲の死と真正面から向き合えないのだ。

事実として受け入れ、表面上の思い出を語ることはできても、深くまで自分の中を覗き込み当時のことを思い出すことはできないからだ。

「年が離れた子供になることもあって、母親は俺を身ごもった時に悩んだみたいです。出産にはリスクを伴う年齢にもなっていましたから。父親は仕事人間で、決断は母に丸投げだったみたいです。幸い生むことにしてくれたので、ここにこうしているんですが、上の二人が優秀だったこともあって俺はあまり期待されずに育ちました。それはそれで楽でしたけれどね」

期待をかけられすぎるのはプレッシャーになるが、期待をまったくされないのは、いてもいなくてもいい存在なのだと思える時もある。

「おまえとの間に、そんな奇妙な共通点があるとは思わなかったな」

アーディルはややして、薄く笑いながら言った。

「そうですね」

樹は短く答えた。

岩場から見えるオアシスの夜営地には、あちらこちらに火が灯されて、星が瞬いているように見えた。

それらを見ながら、アーディルは言った。

「この国は、急激に発展した。百年ほど前まではほとんどの者が遊牧生活を送っていたが、年々その数が減っている。遊牧生活は苛酷だからな、都市部へ働きに出てくるんだ。だが、今や街には遊牧生活を知らず、街で生まれ育った世代が多くいる。彼らは遊牧民を軽視する傾向があるんだ。だが私は、伝統的な生活を守って生きる彼らを貴《とうと》いと思っている。できる限り彼らが伝統を守り誇り高く生きられるようにしたいと願っている」

それは本心なのだろう。

樹はただ黙って頷いた。

それからしばらく寝転んで星を眺めながら、星の並びから勝手に星座を作ったり、流れ星を見つける数を競ったりした。

それが終わったのは、樹が小さなくしゃみをしたからだ。

日中がどれほど暑くても、砂漠の夜は驚くほど冷える。

「テントへ戻って、体を温めよう」

アーディルはそう言って体を起こす。樹がそれに続くと思い出したように言った。

「テントにバスルームがあるのは知っているか?」

それに樹は苦笑した。

「これが王族の力かと、贅沢さに目眩《めまい》がしたほどです」

「温かな湯の中でゆっくりと体を伸ばす。王子として生まれ、その快適さを知ってしまった私には遊牧生活はできないと悟ったよ。バスタブを背負って、砂漠を旅するわけにはいかないからな」

アーディルはそう言って笑うと立ち上がった。

「テントに戻ろう」

差し出された手を、樹は自然に受け取った。

そんな自分に、樹は胸のうちで酷く驚いていた。


入浴は別々だった。アーディルはくしゃみをしていた樹に先を譲ってくれ、その後でアーディルが入った。

体が温まっているうちベッドに入れと言われ、素直に従った。アーディルがすぐ隣に体を横たえたが、手だしをする気配はなかった。

その中で、最初に手を伸ばしたのは樹だった。

アーディルの頬についた睫《まつげ》を取ろうとしただけのことだったのに、その手を優しく掴まれて、指の一本一本に口づけられて——夜は始まった。

だが、それはいつもの樹にとっては諦めの結果でしかない情交とは違っているような気がした。

「どうした？　今日は随分と感じるのが早いじゃないか」

戯《たわむ》れるように柔らかな口づけを繰り返されただけなのに、樹の体は早くも熱を帯び、自身は形を変えていた。

それをアーディルは手の中に収め、緩やかな愛撫を与えながら問う。

「……知りません…、そんなの……」

自分でもどうしてなのか分からなくて、樹は呟くように返した。

「場所が違うからか？　ハレムでも、寝室ばかりだったからな。これからは他の場所でも楽しむようにした方がいいか？」

笑みを含んだ声で言うアーディルを、樹は睨みつける。

「潤んだ目で睨みつけても可愛いだけだぞ」

口元に意地悪な笑みを浮かべ、アーディルは樹に口づけた。その口づけさえ、いつもよりも優しく感じて、樹は戸惑う。

しかしその戸惑いも、口づけと共に自身へと重ねられる愛撫に押し流された。

「ん……っ……ぁ、あ」

隆起した自身の先端に指を這わされ、甘い声が上がる。アーディルはさらに強い愛撫をしかけながら、もう片方の手で樹の着ているローブをたくしあげた。

その手は慣れた様子で乳首を捕らえ、摘《つま》み上げる。

「あ……っ」

いつもと変わらない愛撫だったにもかかわらず、樹の反応はいつもよりも強かった。そんな己の反応に戸惑うのと同時に、樹は自身が上げた声の大きさにとっさに口を両手で押さえた。

「樹……？」

アーディルの訝《いぶか》しむような視線と声が、なぜかと問うのに樹は口を押さえたまま震える声で告げた。

「……壁が…ない……から……」

ハレムの寝室は奥まった場所にある。それゆえ、入り口の警備兵にまでは声は届いていない。

だが、ここは違うのだ。

テントとは思えないような立派な作りでも、空間を遮っているものはかなりの厚手のものだが布でしかない。普通に話す程度であれば声は届かないかもしれないが、それ以上のものとなると話は別だろう。

今の声にしても、もしかしたら聞こえてしまったかもしれないのだ。

そうだとしても、これ以上聞かれたくはない。

すべてを言葉にしなくとも、アーディルはそう言った樹の気持ちを理解したらしい。だが、

「私の恋人として紹介してあるんだから、平気だろう。どういうことがあるか、みんな承服しているはずだ」

アーディルはそう言って、愛撫の手を強める。

「……っ…や…だ……」

必死で口元を押さえ、声を殺そうと躍起になる樹にアーディルは笑みを深くしながら一度手を止めた。

「あまり激しくしなければ大丈夫か？」

「……え？」

「おまえが大声を上げなくて済む程度というのがどれくらいかは分からないが、やめてやれない分、協力はしてやろう」

アーディルはそう言うと、愛撫を再開する。だが、その動きはどこまでも優しく穏やかだった。

「…っふ……ぅ……」

樹自身から漏れる蜜を纏った指が後ろへと伸び、窄《すぼ》まっている蕾を撫でる。『この先』の悦楽を思い描いて体が反応してしまい声が漏れたが、それは密やかで外に漏れるほどではなかった。

「指を入れるぞ」

その言葉に頷くと、アーディルの指が一本、ゆっくりと入り込んできた。

いつもなら追い詰めるように弱い場所を一番に責め立てる指先も、今日は慣らす動きを優先してそこを避けるようにして動く。

声を出したくない、という樹の希望を聞き入れてのものだということは分かっていたが、強い愛撫に慣れた体は、勝手の違うそれに焦《じ》れ始めた。

「う……や…、ぁ、あ」

腰がひとりでに揺れ、弱い場所に触れてもらおうとする。だが、アーディルはそれを巧妙に避けた。

「……ぁ、あ……あ…」

「樹…、そんなに腰を振って挑発するな。酷くしたくなるだろう」

笑いながら、アーディルは言う。それを樹は恨みがましい目で睨みつけた。

「そう…仕向けてる、くせに……」

「仕向ける、とは随分な言われようだな。おまえが声を出したくないというから、優しくしてやっているというのに」

そう言うと、アーディルは指の位置を変え、樹の弱い場所を的確に突き上げた。

「あぁっ、あ……！　あ…あ……っ」

嬌声は手で口を覆ってもなお大きく響く。

「こんなふうに、おまえの挑発に乗ってもいいが、声は押さえられないだろう？」

その口調は意地悪で、あきらかに樹の反応を楽しんでいる様子だが、なぜか今日はいつも感じるような弄ぶような雰囲気はないような気がした。

「声が……あまり出ない程度で…してくれればいいじゃないですか……」

「難しい注文をしてくれるじゃないか」

「……殿下なら、たやすいでしょう？」

言外に、色事に慣れていることをチクリと刺したつもりだったが、アーディルはふっと笑む。

「確かに、おまえの体を知りつくしている私にはたやすいことだな」

そう言って、樹の中の指をゆっくりと動かし始めた。

その指は焦らすでもなく、そして追い詰めるでもない動きで樹の体を蕩《とろ》けさせていく。

「ぁ……」

かすかな甘い声を漏らした樹は、無理をされることはないと判断し、口元を覆う手を離してゆっくりとアーディルの背に回した。

「樹……？」

いつもであれば、悦楽の波に翻弄《ほんろう》された末に理性も何もとんだ状態でのみ時折行われる仕草だ。

それがこんな早い段階で、それも樹の意識がはっきりとしている状態でなされることはアーディルにとってても驚きでしかなかった。

だが、訝しむアーディルの声に樹は答えず、回した腕の力を少し強くする。

まるで甘えるようなその様子に笑みを深くしながら、アーディルは愛撫を再開した。

「ん……っふ…」

漏れる声を聞きながらアーディルは樹に少しずつ強い悦楽を与えていく。

「ぁっ…あ、あ」

再び弱い場所に伸びた指が、ゆっくりとした動きでそこをなぶった。いつものように激しい動きで急速に悦楽を植え付けられるのとは違い、ゆっくりととろ火であぶられるようにして悦楽が体中を焼いていく。

やがて中を穿つ指が増え、三本の指で中をかき回される頃には樹は自身から白濁の混じった蜜をとろとろとあふれさせていた。

アーディルはその蜜を塗りつけるようにもう片方の手で樹自身を扱き始めた。

「や…だ……、や…っ……、声…出る…から……」

樹はアーディルの肩口に押し当てた頭を、むずかる子供のように振るが、アーディルは手を止めようとはしなかった。

それどころか中を穿つ指の動きも次第に激しいものに変え、甘く囁く。

「安心しろ……太鼓を鳴らすほどの物音でもない限り、外にそうやすやすと筒抜けにはならない。そうでなければ、外の物音が響いて私が眠れないだろう?」

その説明に、アーディルの背に回した手で爪を立てた。

「痛いぞ……おまえはいつから猫になったんだ？」

「意地悪…するからです……」

もっと早くに教えてくれていればいいのに、と言外に告げるとアーディルは薄く笑った。

「必死で声を殺そうとするおまえが可愛くてな……。許せ」

そう言うとアーディルは樹の中に埋めた指を引き抜いた。

「あ……」

「もう、充分慣れただろう？」

言葉と同時に足を大きく開かれた。そして猛った熱の先端を、食む物を失ってひくついている蕾に押し当てられる。

「…入れるぞ」

その宣言に頷く間さえなく、アーディルが体の中へと入り込んできた。

悦楽に慣れた体は入りこんでくるそれを嬉々として受け入れ、締め付ける。

「樹、そんなに締め付けるな。入れてやれないぞ」

「そんなこと…言われても……」

意識してやっているわけではないのだ。どうしていいのか分からない。

そんな樹にアーディルは苦笑する。

「少しキツいが我慢していろ」

その言葉と共に強く締め付けて窄まっている中を、アーディルが我が物顔で奥まで入り込んでくる。

「あぁ……っ、あ、あ……！」

内壁を強く擦り上げながら入ってくる熱塊に樹は声を上げるが、その声は甘かった。

「ん……っあ、あ、だめ…あ、あ…」

一番奥まで入り込んできたアーディルは、一度動きを止め、樹の顔を覗き込む。

「大丈夫か？」

優しく声をかけながら、樹の髪を優しく撫でた。

「……大丈夫…ですけど、まだ…動かないでください……」

「今動いたら、随分と悦さそうだと思ったんだが、先に釘を刺されたか」

そう言ったアーディルの腰を、樹は動けないように両足で締め付けた。

「ダメです……今は」

痛みがあるわけではない。ただ、いつも以上にアーディルに貪欲に絡みついている肉襞をこのまま擦られたら、自分がどうなるか怖かったのだ。

「ああ、分かってる、だが、あまり長くは無理だぞ、おまえ、今でも充分私をそそのかしているんだからな」

その言葉に樹は顔を真っ赤にした。自覚があるだけに恥ずかしかったのだ。

押し黙っている樹の様子に笑みを浮かべたアーディルは、樹の胸に手を伸ばした。

「殿下……」

「動いてないだろう？」

アーディルの手は薄い胸を這いまわり、淡く色づくささやかな尖りを指先で摘み上げた。

「あっ」

鋭い声を上げた樹に、アーディルは目を細める。

「おまえは胸も好きだからな」

そう言いながら、摘み上げたそれを今度は押しつぶすようにして指の腹で弄ぶ。

「だめ……それ…、や……っ」

アーディルによって執拗に嬲られたそこは、最初はくすぐったさしか覚えなかったのに、今ではそこだけで達してしまえそうになるほど敏感になっていた。

「嫌じゃないだろう？　おまえはこっちをされると後ろも我慢できなくなるからな。腰が動いているぞ」

恥ずかしい事実を指摘され、樹はアーディルを睨んだ。

「分かってて…してるくせに……」

「当たり前だ。俺はそう忍耐強くない。それに、必要以上に煽ったのはおまえだぞ？」

淫らに蠕動《ぜんどう》する肉襞の様子を揶揄されて、樹は一層顔を羞恥に染める。

「もう時間切れだ」

アーディルはそういうと、奥まで埋めた自身をゆっくりと引き抜いた。

「あ…ぁ……、あ、あ……っ」

それだけでも気持ちがよくて、樹の唇からはうっとりとした声が漏れる。

浅い場所まで引き抜いたアーディルは、今度は打って変わった激しさで奥までを貫いた。

「やぅ……あ、あ、あ！」

そのまま激しく抽挿《ちゆうそう》を繰り返されて、樹の体が幾度も跳ねる。

擦りたてられる感触に、アーディルを食むそこが嬉々としてざわめき締め付けては、悦楽を貪り取る。

「あ…っ…だめ、本当に、そこ…あ、あ……っ！」

浅い場所まで引いた時には弱い場所を抉るようにされ、最奥では捏ねまわすように腰を回される。

樹自身からは蜜がとろとろとあふれて、達したのと違わない量がすでに滴《したた》っていた。

「だめ、もう……あ、ああっ」

逃げようとするかのように樹は背をのけぞらせ、シーツを蹴った。だが、しっかりと敷きこまれた体は少し身じろいだ程度で逃げることなど到底かなわなかった。

「もう…達く……あ、あっ！」

びくんっと、ひときわ大きく身を震わせ、樹は達した。

「やぅ……あ、あ…だめ…あ、あ！」

絶頂に悶える樹の体を、アーディルも最後へと腰をさらに強く打ちこんでいく。

アーディルが動くたびに絶頂の波が繰り返し訪れて、樹は悦楽に翻弄された。

「もう…嫌……、だめ、あ、あ、あ……」

溺れてしまいそうな悦楽に、樹が悲鳴じみた声を漏らした時、体の一番奥でアーディルが熱を放った。

「っ……あ、あ…、あ……」

断続的に吐き出される熱が、蕩け切った肉襞すべてを濡らしていく。

その感触に、新たな絶頂を迎えた樹は小さく体を震わせた後、脱力した。

「樹……？」

優しく名前を呼ぶアーディルに、樹は薄く眼を開ける。

「大丈夫か？」

その声に樹は少し眉を寄せる。

「声…聞こえたかもしれない……」

あんなに最初は我慢してたのに、と思うと恥ずかしくて仕方がなかった。

「みんな聞こえていても、聞こえなかった振りをするだろう」

それでは何の解決にもなっていなくて、

「明日は、しませんからね」

そう言って樹は唇を尖らせる。それにアーディルは笑った。

◇◆◇

砂漠での三日間は、二人の間に変化をもたらした。

常に樹を支配しようとしていた傲慢さが少し消え、今までは同じ部屋にいても、二人別々のことをしていたのだが、話をしたりジェンガやオセロなどのゲームで過ごすことも多い。

夜もというわけではないが、執拗な抱き方ではなくなった。

そして数日が過ぎた頃、樹は電話とインターネットの使用が許可された。

アーディルは、

「そろそろおまえ自身から連絡を入れないと、不審に思われるからな」

と、許可の理由を説明したが、それならアーディルの監視下でかけさせればいいし、インターネットを許す必要もない。

だが、それを口にするのは止めた。

そんなことを言えば、アーディルが『そうか』と、本当に監視下での連絡しかさせてくれなくなりそうだからだ。

樹は、ありがとう、と素直にその厚意を受け取り、久しぶりに家族と、井沢に連絡を取った。

アーディルはよほどうまく説明をしていたのか、一ヵ月近く連絡を取っていなかったというのに、両親も、井沢も、まったく心配していなかった。

どんな仕事をしているのかという問いには、守秘義務があるから言えないとかわし、とりあえず元気にしているということだけは伝えた。

団体の方はアーディルが約束を違わず寄付をしてくれていて、それで当面は物資の調達にも困らないということで、樹は安堵した。

夕方、ハレムに戻って来たアーディルに家族と事務所に連絡をしたことを話した。特に報告しろと言われてはいなかったが、それが礼儀のような気がしたからだ。

「それから、寄付、ありがとうございました。これで、現地への物資供給を余裕をもって行えます」

礼を言うと、アーディルは居心地の悪そうな顔をした。

「それが最初からの約束だっただろう」

「それはそうですけど……」

「おまえも、おまえの約束を守れ。とりあえず今夜はサービスしてもらうからな」

アーディルはそう言って意地悪く笑う。

だが、それがただの言葉のやり取りの間で出た戯《ざ》れ言《ごと》だということは分かっていたので、樹は、はいはい、とあからさまに適当と分かる返事をした。

それを聞いて、アーディルは、

「おまえ、ザーラに似てきたぞ」

そう言って眉をしかめた。


穏やかな日々は、数日ともたなかった。

インターネットを許可された樹は、ゲームなども含めて二時間程度、パソコンと向き合うようになった。

一カ月近く外部の情報を遮断されていた樹は、久しぶりにネットにつないだ時、知らない情報が一度に流れてきて浦島太郎のような気になった。

だが、そのほとんどが取るに足らない情報ばかりで、すぐに追いつくことができた。

その日もいつものように、日本国内で起きたニュースと世界情勢などを追った後、ゲームをして、電源を落とす前にもう一度、ニュースを見た。

その時、樹はトピックスにＮＥＷと表示された文面に、目を見開いた。

『日本のＮＧＯ団体の派遣医師、誘拐か？』

鼓動が一度に激しくなる。

――いろんな団体から医師は派遣されてるし……。

樫尾ではない。いや、樫尾であってほしくないと願いつつ、樹は震える指でクリックし、記事全文を表示させる。

だが、そこに表示されたのは最悪の結果だった。

樫尾たちは普段、本部と呼んでいる医療テントで診察をしているが、そこまで来ることができない遠方の病人のために、週に二度、往診に出ていた。

いつものように往診に出掛け、診察を終えて戻る途中、同行した看護師や現地通訳たちと共に消息を絶ったらしいのだ。

まだ入ったばかりの情報で、それしか書かれていなかった。

樹は慌てて井沢に連絡を取った。井沢はすぐ電話に出た。

「井沢さん、俺です。三浦です。今、ネットで樫尾さんが誘拐されたって……」

『ああ、俺もさっき連絡を受けたところだ。詳しいことはまだ何も分かってない』

答える井沢の背後で、遮断機の音が聞こえた。いつも事務所で聞こえていた音だ。日本との時差は四時間ほどで、もう事務所を後にしていてもいい時間だが、おそらく事件のことで戻っているのだろう。

「樫尾さん、大丈夫ですよね……？」

縋《すが》るような声で樹は聞いた。だが、井沢の答えは、

『分からん。ただ車が無傷で見つかっているらしいから、襲撃された時点では無事だったはずだ』

希望と無情が入り交じるものだった。

とにかく井沢にはまだ情報はほとんど入っていないらしい。樹は電話を切り、次に永瀬に電話をかけた。

外務省にいる分、永瀬は井沢よりも詳しい情報をもっているかもしれないと思ったからだ。

永瀬はなかなか電話には出なかったが、つながった時、電話ごしに騒がしい気配が伝わってきた。

思った通り、永瀬には少し詳しい情報が入っていた。

現地のゲリラによる身の代金目的の誘拐で、樫尾を含め捕まっている三人にはケガはないらしい。

『これまでの誘拐事件と同じように、外交ルートを通じて解放をしてもらえるよう交渉することになると思う。だが、今はまだ情報が錯綜《さくそう》してて事実関係の確認でバタバタしてるところだ』

永瀬の言葉通り、こういう事件が起こった時は、情報が錯綜して何が本当か分からなくなるこ

とがある。

心配で仕方がなかったが、勤務していた時にも似た事件が起こり、現場の状況を知っているだけに、樹はこれ以上は邪魔になると判断して、何か分かったら連絡をくれとだけ伝えて電話を切った。

だが、電話を切った後もとにかく心配で何も手につかなかった。

6

夕方、ハレムにアーディルが戻ってくるなり、樹は駆け寄り言った。

「殿下、樫尾さんが誘拐されたってニュースが……」

それにアーディルは小さくため息をつく。

「初めて出迎えられたと思ったら、おかえり、の一言もなくその話とはな」

「……すみません」

謝る樹を援護するように、

「ニュースが入ってから、ずっと心配でいてもたってもいられない、というご様子でしたから、アーディル様なら何かご存じかもしれないと、私が話したんです」

ザーラが言った。

「ああ、すでに話は聞いている。災難だったな」

アーディルは大した驚きも、感情も見せず、通りいっぺんの口調で言った。

それが気に障ったが、アーディルにして見れば会ったこともない日本人だ。どうということもないのだろうと自分を宥《なだ》め、樹は聞いた。

「まだ、情報が錯綜していて身の代金目的の誘拐だとしか分かっていないんです。殿下、何か知ってらっしゃいませんか？」

　その言葉にアーディルは面倒臭そうに口を開く。

「発生して時間が経っていないんだから、似たような情報しかない。我が国の者が関係していないのだから、詳しい情報を必要とはしないからな」

「確かにそうですけれど……」

「だいたい、あの地域での身の代金目的の誘拐なんか珍しくないだろう。日本人は金持ちだから狙われやすいということも、よく分かってるはずだ。要求された金を払いさえすれば無事に解放される。連中にとってはビジネスだからな。商品には傷はつけない」

　平然と言うアーディルに、樫尾のことが心配で気が気ではなかった樹はつい噛み付いた。

「誘拐がビジネスって……人としてどうなんですか！　それを平然として受け入れてること自体、信じられません。日本人にはあり得ない発想です……っ。大体、神の名を語った同族同士の殺し合いを『聖戦』なんて言葉で飾るような民族性を理解しろって方が……」

　感情的にそこまで口走って、樹ははっとした。

　アーディルはこれまでに見たことがないほど険しい表情をしていたからだ。

「――そういう危険があることくらい、承知の上で全員来ているはずだ。あの地域は病院を一つ建ててなんとかなるようなところじゃない。目の前の命を救う、それは貴い理想だろう。だが、それは自分たちの夢を叶えるためのエゴだと思ったことはないのか？　そのエゴが、こういう事態を招いていると、そう考えたことはないのか？」

決して声を荒らげているわけではない。だが、アーディルの怒りは痛いほどに感じ取れた。

言いすぎたのだということに樹は気づいていたが、謝ることはできなかった。

自分はただ、樫尾のことについて、何か知らないかと聞いただけだったのだ。現場と近い国である分、日本よりも詳しい情報が入っているのではないかと。

それを、どうでもいいことのように――むしろ、蔑《さげず》みさえ感じさせるような言葉を返してきたのはアーディルの方だ。

「もういいです。日本人の俺の気持ちは、殿下には一生分からない！」

樹はそう言うと、パソコンを抱えて寝室へと入った。

最初のように、ドアにバリケードを作って、籠城する。もちろん、それになんの意味もないことは知っていた。

アーディルは、樹の知らない抜け道を知っているのだ。そこから侵入してくることはたやすい。

だからこれは、侵入を防ぐ、防がないの問題ではない。

抗議の意志を示すために必要なのだ。

籠城した寝室で、樹はパソコンを立ち上げ、事件の続報を追った。

だが、新しく追加される情報は樫尾の経歴や人となり、現地の普段の状況などだけで、事件そのものの進展については何もなかった。

それでも必死で検索をかけたりしているうちに、窓の外は明るくなっていた。

その時に樹はやっとアーディルが来なかったことに気づいた。

どんな時でも樹を思うままに扱おうとしてきたアーディルからすれば意外なことだったが、樹はまだまだ怒っていた。

——どうして、情報を持っていないか聞いただけであんな言い方をされなきゃいけないんだ！

アーディルは最初から、病院に関係した話をすると馬鹿にしたような態度を取った。

そんなことをしても無駄だと言わんばかりの態度だ。

今回の樫尾のことにしても、それみたことかと言わんばかりで。

——どうせ、馬鹿げたことのために体を投げ出してるとでも思ってるんだ……。

樹はそこまで考えて小さくため息をついた。

どこまでいっても、結局アーディルとは分かりあえないのかもしれない。

生まれも、育った環境も違うのだから当たり前と言えば当たり前なのだが、砂漠で過ごした頃から少し近い存在に思えていただけ空しさが胸の内にあふれる。

「別に、殿下がどう思ってようと別にいいけどさ」

どうせ、一時そばにいるだけの相手で、日本に帰ればもう関係のなくなる相手だ。

この空しさも、少しそばにいたわりに、話が通じない、と言う程度のものでしかない。

樹は自分にそう言い聞かせ、再びパソコンの画面に目を戻した。

◇◆◇

それから三日、樹はアーディルを顔を合わさなかった。

食事を取る以外の時間はずっとパソコンの前にいて情報を追ったり、井沢や永瀬に連絡を取ったりしていた。

アーディルも樹の部屋には来なかった。

ハレムには嫌というほど寝室があるのだから、アーディルが寝る場所に困ることなどない。

ただ、それまでの執着が嘘のように接触がなく、ザーラも特に伝言があったとも言わなかった。

——楽でいい。

奇妙に不安を覚えるのは、樫尾の事件がまったく進展しないからだ。

『あれから、犯行声明を出したグループとの接触が全然取れないんだ』

永瀬はそう言った。

「接触が取れないって……交渉窓口がまだないってことか？」

『それもだが、グループのメンバーが所属している部族自体がまだ分からないんだ。新しいグループだということだけは分かっているんだが』

あの地域は部族社会だ。誰もが必ずどこかの部族に属している。

そのため、たいていが誘拐グループのメンバーが所属している部族の長などに話を通し、解放までの交渉に立ってもらうのだが、部族が判明しないということはこちらからは打つ手がない。

『相手からの接触待ちということになってるんだが、そう頻繁に連絡は取って来ないだろう。こっちを焦らせる必要もあるからな』

情報がなければ、人は焦る。焦って消耗すれば相手から出された条件に飛びつくようになる。そうやって冷静さを失わせて、交渉を運ぶのがセオリーだ。

分かってはいても、苛立ちを隠せなかった。

事態が進展したのは、その日の午後だった。

それも、悪い方向へと進んだ。

樫尾と一緒に連れ去られた通訳が、遺体で発見されたのだ。

——まさか、樫尾さん……。

目の前が真っ暗になった。

相手が交渉窓口を持とうとしないのは、交渉をしようにも、すでに樫尾が命を落としたからではないのだろうか？

生きているというはっきりとした証拠がなければ、政府は交渉をしない。

「まさか……いや、絶対にそんなことない……」

口に出して不安を拭おうとしても、日本人が襲撃で命を落としたり、誘拐されて解放されず——殺害された例はある。

幸い、続報で通訳が死んだのは襲撃後すぐではなく、遺体発見の少し前ということが分かった。背後から撃たれた傷から、逃げ出そうとして殺害されたのだろうという見解だった。

とはいえ、通訳の逃亡に樫尾が絡んでいなかったという保証はなかった。

一緒に逃げ出し今も逃亡中なのか、それとも命を落としたのか、または逃亡にかかわらずまだゲリラの手元にいるのか。

「樫尾さん……」

とにかく無事でいてほしい。

願うのはそれだけだった。

その日、アーディルが戻ったのはいつもよりも遅い時間だった。

帰ってきた気配に、樹が広間に出てくるとザーラはすでに帰っていて、アーディルももう広間にはいなかった。素通りして、別の部屋に向かったらしい。

ガランとした人気《ひとけ》のない広間から中庭が望める窓辺に近づくと、別棟に明かりが灯っていた。

アーディルがそこにいることはすぐに分かった。

別棟には庭に面した回廊を進めばいいだけだったが、樹はしばらく動けなかった。

しかし、自分がすべきことは分かっていた。

樹は小深呼吸をして、回廊へと出た。

別棟の扉の前で、樹はアーディルを呼んだ。

「殿下、失礼していいですか?」

返事はなかったが、ややして扉越しに人が近づいてくる気配がした。

ゆっくりと扉が開けられ、アーディルが姿を見せた。

「なんだ?」

「お話ししたいことがあって。少しお時間をいただけませんか?」

拒絶されるかもしれないと思ったが、やや間をあけ、

「入れ」

アーディルはそう言うと樹に背を向け、部屋の奥へと戻っていく。

「失礼します」

樹はアーディルの後を追って別棟の中へと初めて足を踏み入れた。

そこは、アーディルが仕事に使っているらしく、壁一面の書架にはずらりと本が並べられていた。L字形の大きな机にはデスクトップとノート、二つのパソコンがあり、端には書類が山積み

になっている。

ここはアーディルの仕事部屋なのだろう。部屋の奥には二つドアがありおそらく別の部屋へとつながっている。そのどちらかで、アーディルは寝ているのだろう。

「それで、用件は何だ？」

アーディルが、早く用を済ませたいとでも言いたげに切り出した。

それに樹は小さく息を吸い、

「この前は、感情的になって——殿下だけじゃなく、この地域の人みんなを侮辱するようなことを言って、すみませんでした」

深く頭を下げる。

「ただ謝罪にきただけではないんだろう？　用件を言え」

しかし、アーディルの返事は素っ気なかった。

怒らせたままで頼み事をするのは酷く気まずかったが、樹にはアーディルの他に頼れる存在がなかった。

「誘拐の件で、殿下のお力を借りたいんです。犯行グループの詳細が分からず、接触も拒まれていて交渉をしようにも、手掛かりさえつかめていないのが現状のようです。それに、一緒に攫《さら》われた通訳が遺体で発見されました」

「そのようだな。だが、他の人質は無事だっただろう？」

アーディルの言葉通り、遺体発見の一報が届いて四時間ほどが過ぎた頃、犯行グループから樫尾と看護師の姿を映した映像がインターネット上にアップされた。

通訳が射殺された経緯を書いたメモを樫尾に読ませ、通訳が射殺された後に撮影されたものだということを証明していた。

「食事も、彼らと同じものを取り、睡眠もきちんと取っているそうじゃないか」

「……待遇としては悪くないかもしれませんが、あくまでも誘拐被害者です。一日も早く助け出したいんです。……殿下の交友関係の中に、犯行グループが所属している部族がどこかご存じの方や、その部族の族長クラスの方と話が通じる方はいらっしゃいませんか？　いらっしゃるなら……お力を、お借りできないでしょうか？」

「日本政府からの要請もないのに、か？」

「政府が水面下で動いているとは思います。ですが、仲介役にたどり着くまでに時間がかかりすぎることも事実です」

「断る。なぜ私がそこまでしなくてはならないんだ？」

「殿下……っ」

樹は縋るような眼差しでアーディルを見た。

「考えてもみろ、病院建設の資金を出せと言った上、人質解放にも協力しろとまで言っているんだぞおまえは。確かに、犯行グループが所属しているだろう部族の察しはついている。だが、使えそうな交渉人を依頼するにも金がかかる。相手も交渉の場を設けるごとにいくらか値をつけてくるだろう。そのどちらも私にしろとは、強欲すぎるんじゃないのか？」

アーディルに言われ、樹は言葉に詰まる。

樫尾を助けたい一心で、何をするにもすべてに資金が必要になることを忘れていた。

病院の建設は、夢だった。

だが、その夢は病院を建てることだけが目的ではないのだ。

「——病院は、諦めます。だから、樫尾さんの解放に力を貸して下さい」

樹の返事にアーディルは目を眇めた。

「目の前の傷ついた命を救うための拠点として、病院が欲しかったんじゃないのか？」

「病院ができても、樫尾さんがいなければ……俺には意味がないんです」

アーディルは苛立ちを隠さなかった。

「樫尾、樫尾、樫尾……、馬鹿の一つ覚えのように繰り返すんだな、おまえは。病院のためにおまえは私に抱かれもした。だが、その病院よりも樫尾か。おまえの病院を建てたいという夢は、その程度のものか！」

譲と樫尾の二人がスタッフとして治療にあたり、樹は日本から援助のために奔走する。

それが最初に描いた夢だった。

樹は気づいていた。あの地に病院を建てるのが自分の夢ではなく、譲と樫尾の夢を手助けしていくことが自分の夢なのだと。

だから、病院ができても、そこに樫尾がいないのなら、それは樹にとってただの箱でしかない。

「樫尾さんがいてこその、夢です。病院ができても、その時に樫尾さんがいないなら、俺には意味がないんです」

樹ははっきりと言った。

その言葉はアーディルの逆鱗《げきりん》に触れた様子だった。

アーディルは樹に近づくと、樹の服の胸元に手をかけ、そのまま左右に引き裂いた。

悲鳴のような音を立て、絹地が裂ける。

「殿下……っ」

突然の凶行に樹は身を強ばらせ、アーディルを見た。アーディルは怖いほどの冷ややかな目で樹を見下ろし、

「ならば、私が協力したくなるようにするんだな。自分の立場は分かっているはずだ」

そう言うと、強引に口づけた。

苛立ちや怒りをぶつけられるような、荒々しい口づけで樹は少なからず恐怖を覚えた。

だが、抗うことさえためらわせるようなもので、樹は『自分の立場』などというものに殉じたわけではないが、アーディルを止めることはできず流された。

それは今までに経験したことがない、乱暴な交わりだった。

床に押し倒された樹は口に指を入れられ、舐めるよう強要された。それが何のためなのかすぐに分かったが、拒むことはできなかった。

拒否をしようなどと樹に思うことさえ許さないほど、アーディルの纏う気配は剣呑だったからだ。

指が充分に濡れるとすぐに引き出され、すぐさま後ろの蕾を暴かれ、それも、最初から強引に二本の指で穿たれ悲鳴じみた声が漏れた。

しかし、アーディルはさらなる凶行に出た。

二本の指でなおざりに中を探り、慣らしたとは到底いえない状態で樹を自身の怒張で貫いたのだ。

「い……っ…あ、あ、あ……っ！」

熱塊が狭いそこを乱暴にこじ開けるようにして入ってくる。

アーディルによって情交に慣らされた体とはいえ、無理な挿入は苦痛でしかなかった。

「あぁっ、あ、あ」

痛みから逃げようと、蕾は痛みの元であるアーディルを拒むようにきつく窄まる。それがさらに自身に苦痛を与える結果になっていることは分かっていたが、それでも体の力を抜くことはできなかった。

体の力を抜いて、強引に進まれることが怖かったのだ。

しかし、どれほど体に力を入れて拒もうとしても、アーディルはジリジリと自身を突き入れていった。

そして中ほどまで入り込んだところで、アーディルは小さく舌打ちし、

「手を焼かせるな。自分の立場をわきまえたらどうだ」

吐き捨てるようにそう言うと、入ってきた時とは比べ物にならない速さで浅い位置まで自身を引き抜く。

体に力が入っていた分、それは内蔵を引きずり出されそうに思えるほどの感覚で、樹は声さえ出せず口を悲鳴の形に歪ませるのがやっとだった。

しかし、そんな樹になどかまわず、アーディルは己の先端で樹の弱い場所を乱暴にさえ思える動きで突き上げた。

「ぁ……っ…、あ、ああっ」

苦痛の中でのものだとしても、弱点に強い愛撫を与えられれば感じてしまう。樹をそういう体にしたのは他の誰でもないアーディルだからだ。

そして、アーディルに苦痛と快感の両方を与えられた体が、どちらの感覚を選ぶのかも。

「ん……っ…あ、あ」

樹の声が次第に甘く濡れたものへと変わり、それと同時に、アーディルを拒んできつく締め付けていただけの内壁も、与えられる快感に柔らかく解けた。

「あれほど嫌がっておいて、淫らなものだな」

絡みつくような様子さえ見せ始めた肉襞の動きに、アーディルは蔑むような声で吐き捨てるように言った。

その言葉に樹は羞恥を煽られたが、すぐに大きな動きで穿ち始めたアーディルに否応なく感じさせられてしまい、覚えた羞恥は悦楽に塗り込められた。

「あぁっ、あ……あ」

「奥まで、こんなにして……」

ズルリと最奥まで入り込んだアーディルが誘い込むような動きでひくつく内壁を揶揄する。だが、そこで捏ねるように腰を回されて、樹の体も心も深い悦楽に溺れる。

「あ……っ…あ、あ、そこ…あ、あ」

与えられる刺激を貪ろうと、肉襞はアーディル自身に貪欲に絡みつく。それを引き剝がすような動きでアーディルは打ち込みを強くする。

「ああっ、あ、あ……だめ、あ、あ、ああっ！」

弱い場所を執拗に嬲るようにして突き上げられ、一度として触れられていなかった樹自身が後からの刺激だけで蜜を放った。

「嫌…っ…あ、もう、嫌だ、あ、あ……」

樹が達している最中でさえ、アーディルは腰の動きを止めようとしなかった。一番敏感になっている状態の体をさらに貫かれて、樹の体が許容量を超えた悦楽に不規則に震える。

「達ったままで何が『嫌』だ。淫乱……」

蔑む言葉を口にしながら、アーディルは痙攣《けいれん》する媚肉を熱塊で擦りたてた。

「あぁっ、あ、あ、あ…っ」

強すぎる悦楽から逃げるように腰を振りたてる樹をしっかりと両手で押さえ、抜けてしまうギリギリまで自身を引いたアーディルは、窄まりきった瞬間を狙い澄まして最奥までを貫いた。

「あ、あ……あ、あああぁあっ！」

強すぎる刺激が体を駆け抜けた一瞬後、最奥に熱が放たれる。

その感触に樹は体を幾度も波打たせ、やがてこと切れるように力をなくした。

だが意識を失っても肉体は処理しきれない感覚に打ち震え、中のアーディルを愛撫するように痙攣する。

それにアーディルは顔を顰め、痙攣が収まるのを待たずに自身を引き抜いた。

「おまえは、私のものだ……」

所有を宣言した言葉は、どこか空しく響いた。

しかし、それを聞く者はこの場にはいなかった。

目が覚めた時、樹はソファーに横たえられていた。

ブランケットがかけられてはいたが裸のままで——服を破かれたのだから仕方ないことだが——お座なりに放置されていたという感じだった。

樹は視線を巡らせ、アーディルを捜す。

目的の人物はパソコンに向かって、難しい顔をしていた。

「……殿下…」

その声は自分のものとは思えないくらい頼りなく小さなものだったが、気が付いたらしくアーディルは樹へと視線をやった。

アーディルはしばらく何も言わず、アーディルを呼んだ樹も伝えるべき言葉を見失っていた。

横たわった沈黙を破ったのはアーディルだった。

「病院ができなくてもいいというのは、本心なんだな?」

問う声は、どこか疲れているように聞こえた。

「……はい。その代わりに、樫尾さんの解放に力を貸して下さい」

樹の返事に、アーディルは無表情なままで樹を見つめる。そして、いくばくかの間を置いた後、

「わかった」

短く言い、視線をパソコンへと戻す。

「仕事の邪魔になる、向こうの部屋に帰れ」

冷たい声で命じた。

その声は樹の胸に突き刺さり、息が一瞬できなくなる。

「……わかりました…」

震えそうになる声で言い、樹はソファーの上に身を起こした。

乱暴に抱かれた体は痛みを訴えていたが、アーディルは樹の存在を疎外し始めており、樹は早くこの部屋を立ち去らねばと痛みを押して、かけられたブランケットで体を覆い立ち上がった。

だが、歩き出した瞬間、

「——ぁ」

樹は内股を伝う体液の感触に体を強ばらせた。

体の中に放たれたアーディルの精液さえそのままにされていたのだ。そんなことは今までなかった。

初めて抱かれたあの時でさえ、アーディルは体を拭き清め、中のものもある程度処理してくれていたのだ。

だが、動けなくなった樹の姿をアーディルは見とがめた。

「さっさと出て行け。掃除は明日、ザーラにでもさせる」

動けなくなった理由を知っていての言葉に、樹は唇を噛む。

そして中のものがこぼれ出さないように体に力を入れ、慎重に、でもできる限り早く樹は部屋を後にする。

回廊にまで出て来た時、樹の目からは涙があふれ出していた。

情けなかった。

だが、それ以上に、つらくて、寂しくて、涙はそれから長い間、止まろうとしなかった。

7

「樹様、そんなに根をお詰めになってはお体に障りますわ」

パソコンの画面を見つめ続ける樹に、ザーラは飲み物を差し出しながら言った。

昼下がりのハレムの広間には静かで穏やかな空気が流れていたが、その中、樹は不安と肉体的な疲労に苛まれていた。

「どこかに新しい情報が出てないかと思って……」

そう言う間も、樹の目は画面から離れようとしない。

「お気持ちは分かりますけれど、そう頻繁《ひんぱん》に情報更新があるわけじゃありませんもの。一時間か二時間に一度程度の確認で充分だと思いますわ」

ザーラはそう言うと、もう片方の手にもったタオルを差し出した。

「これをしばらく目に当てておいて下さい。目の疲れが少しましになりますわ」

差し出されたタオルはほどよく冷えていた。

画面を見つめすぎて、充血しているのは自分でも分かっていた。

「ありがとう」

樹は素直に受け取ると、ソファーに背を預けてタオルを目の上に乗せた。

アーディルに、樫尾の解放に手を貸してくれるように頼んでから一週間が過ぎていた。

だが、進展としては犯行グループの部族が判明したこと程度だった。

『報道規制ってほどでもないけど、特に犯行グループとの交渉関係については一切情報は入ってこない。交渉に入るための仲介役にたどり着けたかどうかも分からないんだ。上の人たちは何か知ってるのかもしれないけど、俺らクラスにはまったく情報は降りてないな』

電話で永瀬はそう言っていた。

そして、アーディルからも樹は何も聞くことができなかった。

アーディルは何かを知っているかもしれないとは思うし、何も知らなくても経過くらいは分かるだろうと思うのだが、聞くことがアーディルの機嫌を損ねそうな気もして、聞くことが怖かった。

樹にとってアーディルは蜘蛛《くも》の糸なのだ。

無理に引っ張れば切れてしまうかもしれない。そう思うと、アーディルが情報を与えてくれるまで待った方がいい気がした。

それに、アーディルの帰りはこのところ随分と遅い。一昨日は、帰ってこなかった。

「今日もアーディル様は夕食を召し上がっていらっしゃるそうですので、樹様の好きなものを作らせますわ。お夕食、何がよろしいですか？」

ザーラの言葉に樹はタオルを半分ずらし、彼女を見た。

「他の方と同じでいいです」

樹はそう言い、少し間を置いてからザーラに聞いた。

「殿下のお帰りが遅いことは、これまでにもよくあったんですか？」

「なかったわけではありませんけれど、頻繁にというわけでは……。最近はとても疲れていらっしゃるというか、浮かない表情でいらっしゃることが多いので、少し心配しております」

樹との間に何かあったことはザーラも気づいているだろうに、問うことはしないでいてくれる。

それをありがたいと思うのと同時に、申し訳のなさも感じた。

だが、問われたところで樹は的確な答えを言えずにいただろうとも思う。

アーディルを怒らせたことは事実だ。

だが、二人の間にそれだけではない何かが横たわっていることに樹は気づいていた。だが、それが何かは見当さえつかず、アーディルに問うのは怖すぎた。

それは、おそらく逆鱗だ。

触れた瞬間、これまでの比ではないような怒り方をするような気がした。

だから何も聞けないのだ。

「樹様のことも、心配しておりますのよ。……アーディル様は、樹様に無理を強いていらっしゃるのではありませんか？」

ザーラが夜のことに言及するのは、初めてだった。

「どうして、そんなことを聞くんですか?」

「樹様のご様子も、普通ではありません。食事も取って下さるし、こうしてお話ししても下さるけれど、心を別のところにおいていらっしゃったような、そんな顔をなさってます」

ザーラの言葉に樹は言葉に詰まった。

確かに、ザーラの言う通りかもしれない。こうしていても、前はとにかく樫尾のことが心配で、それだけで頭がいっぱいだったのに、今は違う。

気が付けば、アーディルのことを考えている。

パソコンに向かって、樫尾の情報を検索している時でさえ、アーディルのことを考えていることがあるのだ。

だが、あの夜からアーディルは変わった。

ハレムに戻った夜は必ず樹を抱いたが、以前は弄ぶようでいても優しかった。その優しさは、いまはない。

まるで物を扱うようで、傷を負わされたことはないが乱暴で、そして執拗だった。

おかげで昼間、じっとしていてもなかなか体力は回復せず、夜にはまたその体をアーディルにいいようにされる。

溜まった疲労はただでさえ重い樹の気持ちを、さらに重くさせた。

砂漠から戻ってからは少し心が近づいたような気がしていたこともあって、寂しいと感じていることも、余計にそれに拍車をかけていた。

——寂しい？

そんなふうに感じている自分に気づいて、樹は驚いた。

「樹様？」

黙ってしまった樹に、ザーラが声をかける。

その声に樹は思考をとぎれさせたが、それ以上考えずに済んだことに樹はほっとした。

「大丈夫です。寝不足で、少しぼーっとしたんだと思います」

樹はそう言うと濡れタオルを目から外し、ザーラへと渡す。

「ここで、少し横になります。一時間ほどで起こしてくれませんか？」

「かしこまりました。できるだけ、音を立てないように致しますわ」

ザーラはそう言うと、広間を出た。

樹は広間のソファーに横になると目を閉じる。

何も考えたくなかった。

樫尾のことも、アーディルのことも。

◇◆◇

事件の進展が何もないままで、さらに数日が過ぎた。

井沢や永瀬とはずっと連絡を取っていたが、反抗グループの部族は他の部族との接触がほとんどなく、交渉をする相手を見つけるのに手間取っているらしかった。

『何しろ、知り合いを通じてさらにその知り合い、知り合いって数珠繋ぎ《じゅずつな》で探してるような形だからな』

幸い、樫尾の身柄の無事だけはインターネット動画を通じて、確認ができていた。最新のものは三日前で、不精髭が随分と長くなり、少し疲れた様子はあるが、健康状態に問題はなさそうだった。

アーディルは一昨日の朝出て行ったきりで、ハレムには帰ってこなかった。仕事なのだろうとは思うが、ザーラも何も聞かされていないらしい。

「気まぐれでふらりとおでかけになることは前にもありましたし、昔と違ってお仕事もありますから、すぐお戻りですわ」

ザーラはそう言っていたが、滅多にないことなのだというのは不安を隠しきれない眼差しから見て取ることができた。

アーディルが戻ろうと戻るまいと、樹には関係ないはずだった。

――好きでここにいるわけじゃない。

ここに連れてこられてすぐの頃は、よく胸のうちで繰り返した言葉だった。

あの時は本気でそう思っていた。

けれど、今は違う。

好きでいるわけじゃないのだと、自分に言い聞かせるようだと思った。

「バカバカしい……」

樹はパソコンを立ち上げると、ブックマークに入れているニュースサイトを巡り始めた。

起きてから眠る前まで、一時間から二時間に一度新着ニュースのチェックをする。

だが、事件発生から時間が過ぎていることや、動きがないこともあって、今では樫尾の事件に触れるところも少なくなっていた。

この時も同じで、一通り巡って最初のサイトに戻った時、樹は目を見開いた。

ニュースの新着に『誘拐の邦人、解放か？』というタイトルでアップされていた。急いでクリックし詳細を見る。タイトルに疑問符をつけなければならない――確認が取れていない段階では詳細といってもごく短いもので、犯行グループが樫尾と看護師を解放したと声明を出した、というだけのものだった。

樹は慌てて永瀬に電話をかけた。

永瀬はすぐに電話に出たが、飛び込んできた情報に現場が右往左往している様子が感じられた。

『裏はちゃんと取れてないけど、解放されたのはガチらしい。現地の部族長クラスが数人直接説得に当たってくれたらしいんだが、こっちでつなぎを取ってたルートからじゃないから、詳細は何も分かってない。解放された二人が今どこにいるのかも摑めてないんだ』

永瀬の言葉に、樹の脳裏にアーディルの姿が過《よぎ》った。

日本政府側の仕事でないとすれば、考えられるのは一緒に誘拐されていた看護師の母国が動いたという線だが、看護師の母国は小さな国で、日本以上にあの地域でのコネクションがある可能性は低かった。

そうなれば、後はもう、アーディルしかいないのだ。

「アーディル……」

樹は名前を呟く。

胸のうちには感謝だけでは言い表せない感情が渦巻いていた。

アーディルがハレムに戻ったのは、夜、十時を回った頃だった。

疲れた様子で広間に入って来たアーディルは、そこで待っていた樹の姿に面倒臭そうな顔をした。

「おかえり……」

歓迎されていない表情に、樹の声が少し弱いものになる。

「なんだ？　わざわざ出迎えるとは、また何か新たなおねだりでも思いついたのか？」

アーディルはため息交じりに言った。

――そんな言い方、しなくても……。

確かにこの前、アーディルを出迎えた時は樫尾の誘拐について何か知らないかと問うためだった。

あの後からそれまで比較的うまくいっていたはずの状況が道を外れ出したとはいえ、アーディルの穿った見方には少し傷ついた。

だが、樹がアーディルを待っていたのはケンカをするためではない。

樹は小さく息を吸い、言った。

「樫尾さんが、解放されたとニュースで。日本の友人は、日本の外交チャンネルから成されたものではないと言っていました。殿下がご尽力くださったんですね。ありがとうございます」

深々と頭を下げる。

アーディルはそれを気乗りのしない様子で見つめた後、

「樫尾は明日、この国の空港から日本へ戻る。おまえも一緒に日本へ帰れ」

そう言った。それに樹は慌てて頭を上げ、アーディルを見た。

「……日本へ？」

聞き間違いかと思った。

まさかアーディルがそんなことを言い出すとは思えなかったからだ。

「ああ」

「どうして……俺は……」

「おまえの体にも、もう飽きた」

アーディルはそれだけを言うと、広間を通り過ぎて別棟へと向かう。

回廊を行くアーディルを追いかけ、詳しく問うことはできたかもしれないが、アーディルの背中はその一切を拒否しているように見えた。

——日本へ……。

それは、ずっと望んでいたことのはずだった。

それなのにどうして喜べないのだろう。

どうして、胸が痛いんだろう。

立ち尽くしている樹の耳に、ハレムの入り口から人がやってくる足音が聞こえた。ほどなくして広間に姿を見せたのはザーラだった。

「ザーラさん……」

ザーラはそこにいる樹を見て、複雑そうな表情をした。

「アーディル様から、こちらをお預かり致しました」

ザーラはそう言うと手にした衣類などの一式を樹へと差し出した。

それはこの国に来た時に着ていたスーツと、そしていつの間にか取り寄せていたらしいパスポート、航空チケットだった。

言葉もなく、樹は差し出されたそれを受け取る。

ザーラの目に薄く涙が滲んでいた。

「……飛行機は、午前の便ですので、朝、お起こしに参ります」

ザーラはそう言うと頭を下げ、ハレムを出て行く。

一人になった部屋で、樹はへたりこむようにしてソファーに座った。

日本に帰れる。

——嬉しいはずなのに、どうして……?

何度自問しても答えは出なかった。

◇◆◇

翌朝、久しぶりに着たスーツはどこか窮屈な感じがした。

体にはぴったりなのに、ハレムでは女性が着る服ばかりだったせいもあって、ネクタイまで締めると息苦しささえ感じた。

それだけ、ハレムでの生活に慣れてしまっていたんだろうと思う。

——またすぐに慣れる。

胸の中で自分を納得させるように呟いた。

ほどなくしてザーラに連れられ、樹はハレムを出た。

宮殿のエントランスにはリヤードが待っていた。

「リヤードさん、後はお願い致します」

ザーラの言葉にリヤードは頷いた。

「では、参りましょう」

そういうとリヤードは外へと向かって歩いていく。樹はそれについて二、三歩行きかけて足を止め、ザーラを振り返った。

「ザーラさん、今まで、本当にありがとう」

ザーラは何か言いかけて、唇を引き結んだ。目の端から涙が零れ落ちて、それに樹は頷いて、再びリヤードの後を追った。

空港までは、リヤードの運転する車で向かった。

「殿下があなたを我が国へ連れて戻るとおっしゃった時には反対したのですが……言い出したら

聞かないお方です」

　リヤードはぽつりと言った。

「ハレムに男を連れ込む、なんてバレたらスキャンダルでしかありませんしね」

　樹の言葉にリヤードはしばし口を閉ざし、

「戒律上、褒められたことではありませんが……」

　呟くように言った後、続けた。

「昔から、欲しいものを素直に欲しいとおっしゃることのできない方でした。何か別の理由をつけて手に入れるような、屈折したところがおありで。――本気で欲しがって、得られなかった時のことを考えてしまわれるのでしょう。ご両親の愛情を欲する時期にでも、惜しみなくそれを与えられたとは言い難い部分がございましたから」

　その言葉に、樹は何も返せなかった。

　リヤードが何を言いたいのか、分からなかった。

　いや、分かりたくなかった。

　もう、日本へ戻るのだ。アーディルのことを理解したところで、何の役にも立たない。

　会話もないまま、車は空港についた。

　リヤードと共に中に入ると、すぐに女性職員が近づいて来た。リヤードは彼女に樹の航空チケットを渡すと、

「私は、ここで。後は彼女についていって下さい。無事のお帰りをお祈りしております」

恭しく頭を下げ、樹を見送った。

「ありがとうございます。あなたにも、神の御加護を」

樹はそう返し、職員に案内されるまま空港内を移動した。

連れていかれたのは、いわゆるＶＩＰが出発までの時間を過ごす特別ラウンジだった。

豪華だが落ち着いた雰囲気の空間には人気はなかったが、樹以外に一人だけ、客がいた。

ソファーに腰を下ろし、コーヒーを口にしている人物の少し疲れた横顔に樹はふらふらと近づいた。

動画で見た不精髭は綺麗に剃られ、髪も整えられて、こざっぱりとした服を着ている。

「……樫尾さん…」

呟くように言ったその声に、樫尾は驚いた様子で視線を向け、そこにいる樹にことさら目を見開いた。

「樹ちゃん」

数度瞬きをして、本当に樹だと分かると急いで立ち上がった。

「どうしてここに？　俺が誘拐されたからそれで？　……いや、それだとこの国にはいないよな？」

誘拐されたのはこの国ではないし、何より解放されたという報告が出てから間もない。日本から来たのであればまだ間に合わない時刻だ。

先に現地に来ていた報道陣も、樫尾がここにいるという情報は掴めていないはずだし、樫尾自身、混乱を避けるために個人的な連絡も一切しないようにと言われていて、解放後、誰にも連絡をしていないのだ。

「たまたま…この国へ、王族の人の仕事を手伝うために来てて……。樫尾さんが解放されて、今日、日本へ帰るから一緒に帰れって……」

表向きの事情を説明し、樫尾を納得させる。

「元気そうでよかった……。ずっと心配してたんだよ、俺。樫尾さんにまで何かあったらどうしようって……」

樫尾の無事な姿を見て、樹は心の底から安堵した。

「心配かけて悪かった。通訳の彼にも、悪いことをした……」

通訳は、一人だけ逃げ出して射殺されたらしい。

「金銭目的だから、おとなしくしていればある程度身の安全は保証されると言ったんだが、パニックを起こしていたんだろう。部屋も三人バラバラにされて、余計不安になったんだ」

「樫尾さんも不安だったでしょう?」

「まあ、不安は常にあった。こういう危険なことが起きる地域に身を置いている覚悟はしていたが、みんなに迷惑をかけたとそれだけが気掛かりだった。だが、思ったより早く解放されて驚い

たな。部族間のつながりがあったのか、この国の王族が解放交渉に直接出て来てくれて、渋って
た解放が一気に進んだ。俺がこの国へ運ばれたのも、彼の手配だ。日本からの報道陣に囲まれる
前に帰国しろって」

——アーディルだ……。

まさか直接現地に出向いてくれていたなんて知らなかった。

ハレムに戻らなかったのは、そのせいだったのだろう。

胸が熱くなるのと同時に、このままこの国を出てもいいのだろうかと思った。

傲慢で我儘で——寂しい人。

欲しいものを欲しいと言えない寂しい人。

そう思った途端、どうしようもなくアーディルに会いたくなった。

会って、何がどうなるわけでもないのに、とにかく会いたかった。

だが——。

「機の準備ができましたので、御搭乗下さい」

グランドホステスが二人に案内する。

その声に促され、樹は樫尾と共に飛行機に乗った。

二人に準備されていたのはファーストクラスのシートだった。

情報が漏れ、マスコミが押し寄せた時のためにという配慮だったのだろう。

シートに腰を下ろし、樹は飛行機が他の乗客を乗せるまでの時間、アーディルのことを考えていた。

外務省時代、初めて会ったアーディルは気さくな王子様だった。

再会して、騙し討ちの形で連れて来られて、無理やり体を好きにされて——怒っていたはずなのに拒みきれなかったのは心のどこかでアーディルのことを許容していたからだ。

——好き、とか。

決して言葉にすることのなかった感情を、やっと胸の中で呟いてみる。

もっとちゃんと話せばよかった。

いろいろ話せば、こんな別れ方はしなかっただろう。

だが、もうすべて遅い。

乗客を乗せ終えた飛行機はゆっくりと滑走路に向かって動き出した。

飛び立てば、後は日本へ戻るだけだ。

真っすぐな滑走路を、飛行機はとてつもないスピードで駆け抜け、やがて空へと向かう。

窓の外の景色が空しか映さなくなり、樹はため息をついた。

「飛行機、苦手だったか？」

不意に樫尾が聞く。

「え？」

「ずっとだんまりで、離陸した途端ため息をつくから」

その言葉に樹は頭を横に振った。

「ファーストクラスが落ち着かないだけです」

「俺も、人生初めてのファーストクラスが、誘拐後だと思ってなかったよ」

樫尾はそう言って笑う。

樫尾に会ったら、もっといろいろ話をしたいと思っていたのに、考えているのはアーディルのことばかりだ。

けれど、日本に戻れば慌ただしく繰り返される日常が、ハレムでの出来事をあっと言う間に過去へと押し流してくれるだろう。

アーディルのことも思い出さなくなる。

そうすれば、この胸の痛みも――。


ポン、という小さなインターホンのような音と共に、消えていたシートベルトのサインが点灯したのは離陸して十分ほどしてからのことだった。

「機体の異常を示すサインが出ました。特に飛行に心配なものではありませんが、念のため空港に引き返します」

すぐにやってきた客室乗務員がそう説明してくれた。

飛び立ったばかりの飛行機は再び空港に戻り、機体チェックをする間、樹たちは再びＶＩＰラウンジへと戻ってきた。

だが、そのラウンジで樹はいるはずのない人物の姿を見つけた。

「――殿下……」

もう一度会いたいと思っていたアーディルだった。

呟いた樹に続いて、樫尾も口を開いた。

「アーディル殿下、先日は解放にご尽力いただき、ありがとうございました」

深々と頭を下げる。

「礼には及ばない」

アーディルはむっつりした顔でそう言うと、樹を見た。

「……気が変わった」

「は？」

感動の再会のはずなのに、樹の口から出たのは、間の抜けたそんな言葉だった。

そんな樹に、アーディルは苛立った表情を見せる。

「だから、気が変わったと言っている。病院も建ててやるし、そこの男をおまえが思っていても別にかまわない。だから、一生俺のそばにいろ」

傲慢で俺様な様子の発言だったが、樹も樫尾も意味不明だった。

「……あの、おっしゃってることの意味がよく…。病院を建てて下さる気持ちになったのは嬉しいんですが、後半が特に分からないんですが」

困惑を隠せない樹に、アーディルは噛み付くように言った。

「おまえは、そこにいる医者が好きなんだろう⁉　それでも私はかまわないと言っているんだ。おまえが望むなら病院でも学校でも好きなだけ建ててやる。だからそばにいろ」

どうだ、とばかりに言われ、樹は一気に頭に血を上らせた。

「ちょ……ない、ないから！　俺が樫尾さんを好きとか、ないから！　いや、嫌いじゃないけどそういう好きじゃ……」

「嘘をつくな！　おまえは最初から樫尾、樫尾、それぱっかりだったじゃないか。樫尾のために外務省を辞めて、私の横暴にもついてきて、あげく病院よりも樫尾を助けろと……好きでなくてなんなんだ！」

樫尾の目の前で――というか第三者の前で愛の告白をされた樹は、びっくりするわ、気まずいわ、恥ずかしいわでアーディルに負けないくらいにキレた。

「樫尾さんは、二番目の兄の一番の親友なんです！　病院はもともと兄と樫尾さんの夢で、俺はそこに乗っかっただけで……。俺は血が苦手だから医者にはなれなくて、だから自分のできることを頑張ろうって思ったんです。兄が亡くなったから、その兄の分も二人で頑張ろうって話して、そういう意味では同志としてつながりは深いですけど……決して恋愛感情とかそういうのないですから！」

ね、と樹は勢い込んで樫尾を見る。

樫尾は話の流れについていけないながらも、恋愛感情はないので同意した。

「せいぜい、可愛い弟です。俺、普通に女の人が好きなんで」

その言葉に、自分が誤解していたことに気づいたアーディルは、自分の過失を認めたくないのか逆ギレした。

「そんなこと、おまえは一言も言わなかったじゃないか！　樫尾がどれほど頑張ってるか、そればかりで」

「実際、樫尾さん頑張ってるじゃないですか！　それに、話そうと思っても途中で不機嫌になって聞いてくれないのは殿下の方で！」

まるで子供の口ゲンカの様相を呈してきた時、グランドホステスが機体の整備が終わったので、と樹と樫尾を呼びに来た。

気まずい沈黙の中、口を開いたのは樫尾だった。

「俺、先に行って乗ってる。来られそうなら、来ればいいから」

奇妙な三角関係の一角にはなりたくないのだろう。樫尾はそう言い残すとグランドホステスの案内でさっさとラウンジを出て行った。

二人きりになったラウンジで、アーディルは樹に近づき、そのまま力の限り抱き締める。

「……帰るな」

押し殺したような声で囁かれ、樹は頷く。

「……今は、帰れません。こんな気持ちのまま…。殿下とちゃんと話をするまでは…帰れない」

二カ月近く一緒にいたのに、ちゃんとした話は一度もしなかった。

だから、話をして——もう一度ちゃんと始めたかった。

◇◆◇

「ん……っ、あ、だめ…すぐは、あ、あ……っ」

ハレムの寝室には樹の濡れた声が響いていた。

空港を出た後、車の中でも一言も話さず、ハレムに戻った途端、樹はアーディルに押し倒されていた。

『ちゃんと話』などさせてもらえる隙もなく、濃密な愛撫に体を蕩けさせられ——アーディルに肉悦に弱い体に仕立て上げられながら、数日抱かれていなかった体は、あっと言う間にアーデ

ィルの手管に溺れた。

手で一度、そして後ろを慣らされながらもう一度、絶頂に導かれて、体中がその余韻に震える中をアーディルの熱塊に侵略される。

「ああっ、あ、あ……っ」

体の一番深い場所まで己をねじ込んだアーディルは軽く腰を揺らし、収まりをつける。

そしてようやく動きを止めた。

「ぁ……あ、あ……」

「樹……」

切れ切れの甘い声を上げる樹の額にアーディルは優しく口づけ、名前を囁く。

樹は体の中を暴れまわっていた悦楽の波が少し落ち着いてから、アーディルを睨んだ。

「……話をしたいって、言ったのに…」

「そんな目で睨んでも、怖くないぞ」

アーディルはそう言って笑う。それだけでも体に振動が伝わって、樹は体を強ばらせた。

「殿下……」

「安心できなかったからな。おまえを、物理的につなぎ止めるまでは」

自嘲めいた笑みを浮かべ、アーディルは続けた。

「初めておまえと会った時、一目で欲しいと思った。白い花のようなおまえを、あのパーティーの場から何度奪って帰ろうと思ったか分からない。さすがに手順を踏めとリヤードに言われて、ホテルへ個人的に呼び出して秋波を送ってみても、おまえはまったく気づきもしなかっただろう」

言われて樹は当時のことを思い出すが、楽しく話をしたという感じでしかなく、秋波などいつ送られたんだろうかと悩む。

「まったく気づきもしないおまえを、あからさまに口説くのも滑稽に思えてやめたんだ。ただ、どうしても忘れられなくて、おまえからのグリーティングカードには、返事を出させた」

「『忘れられない』なら、せめて一言でも直筆でメッセージをくれてもいいじゃないですか」

樹は反論したが、

「私のことを何とも思っていないおまえに、直筆で出せと？　今後、何のメリットもないかもしれない相手に返事を出すこと自体、リヤードには馬鹿にされたんだぞ」

と、王子のプライドが許さないのだろうと判断できるようなことを、アーディルは言う。

その無駄なプライドが、樹には妙に可愛く思えた。

「日本へ行くことが決まって、時間があればおまえに連絡を取ろうとしていたら、おまえから先にアポが入ったんだ。再会して、やっぱり離せないと思ったら、おまえは樫尾のことしか話さない上に、あげくアハマド殿下の名前まで出すから……」

不意に出た名前に、樹は眉を寄せる。

「アハマド殿下が……何か？」

何が引っ掛かるのか、樹にはまったく分からなかった。

同じ地域に属することだから、力になってくれるのではないかと思っただけだ。

だが、アーディルは樹に予想外のことを言った。

「殿下は、有名な好色だぞ」

「……え？」

「男女問わず、気に入ったものを別荘に何人も囲い、同好の士を誘っては淫らな宴を開いている。鞭や蝋燭、性具は当然で、時には獣姦ショーまでやるような人だ」

「まさか……」

「おまえが、そんな殿下の名前を出すから、てっきりそういう方面も大丈夫なのかと思ったんだ。放っておいたら殿下にアポを取って、ホイホイと出掛けて行きそうだから——その前にと。強引だとは思ったが」

だんだん、弱みめいた発言になっていったのが嫌なのか、アーディルはそこで言葉を切った。

「それで、おまえはどうなんだ」

急に水を向けられて、樹は戸惑いながらも口を開いた。

「俺は……殿下のことは本当にただいい人だと思って……。だから、騙し討ちのようにここに連れてこられた時には裏切られた気持ちでいっぱいでした。その上、体まで好きにされて……」

そう言った瞬間、アーディルは意地悪く腰を揺らした。

「っ……あ、あ……」

「体を好きにされたあげくに、こんなに淫らな体にされて？」

「…れも、ある…けど……もう、ちょっと……人に尋ねておいて……話させないんですか？」

非難をあらわにした目で言うと、アーディルはやっと動きを止める。

「それもあるけど、なんだ？」

言葉の続きを求められても、悦楽が体を走っていて、なかなか何を話そうとしていたのか思い出せない。

「……もう…何を言おうと思ってたのかわかんなくなったじゃないですか…」

「体を好きにされた以外で、嫌なことがあったんだろう？」

自分の動き一つで樹が翻弄される様がおもしろいのか、アーディルは笑みを浮かべる。それを恨みがましい目で見ながら樹は口を開く。

「そういう我儘なところも嫌いです……。殿下の我儘と物好きの相手として体を好きにされてるんだと思ったらつらくて……。でも、砂漠を旅した時くらいから殿下のことを身近に感じるようになっていて――多分好きになりかけてたんだと思います。自覚はなかったけど……」

「樹……」

「だから、樫尾さんのことで誤解されて、せっかく近い人に思えてたのが前よりももっと遠い人になってしまったのがつらくて、寂しかったんです」

そう言った樹の唇に、アーディルはそっと優しく口づけた。

「樫尾のことは……悪かった。だが、おまえも悪いんだぞ、説明しないから」

「説明に行きつく前に怒ってやめさせたのは殿下じゃないですか」

まっとうすぎる返事に、思い当たりのありすぎるアーディルは自分の劣勢を悟って、口封じも兼ねて腰を使い始めた。

「や……っ、あ、あ…ずるい……」

「どうせ、我儘でずるい男だからな、私は」

「だめ、そこ…ちょ……っ」

中ほどまで引き抜いた熱塊の先端で樹の弱い部分をゴリゴリと擦りたてるアーディルに樹は新たな蜜を自身から零し始めた。

「や…本当に、ずる……い…」

喘ぎに声をとぎれさせながら、樹はある事を思い出した。

「ホテルで……飲んだ…ワイン……あれも、何かズルしたでしょう……っ」

前に聞いた時には「私も同じものを飲んだだろう」という一言で片づけられてしまったが、絶対にあれにも裏があったはずだ。

その問いにアーディルは苦笑する。

「まだ覚えていたのか……」

「忘れるわけ……あ、だめ、あ……」

ごまかそうとするように、また弱い部分を抉るようにされ、樹は体をのけぞらせた。

「やぅ…あ、あ……っ」

「王子などという立場は、守る者が必要な程度には物騒だからな。ある程度の自衛も必要になる」

話す間さえアーディルは動きを止めず、樹は湧き起こる悦楽に意識を濁らされていく。それでもちゃんとアーディルが何を言っているのかだけは聞いておきたくて、悦楽しか追おうとしない意識を必死で保つ。

「多少の毒や薬では早々倒れたりしないように、体を慣らしてあるんだ。……私は少し眠たくなった程度だったが、おまえには強すぎただろうな」

そう言ったアーディルは人の悪い笑みを浮かべていて、樹は眉を寄せる。

「……やっぱり薬を盛ったんじゃないですか」

ずっと疑っていたが、アーディルも一緒に飲んだし、と実は確信が持てないでいたのだ。もっとも分かったところで今さらではあるのだが。

「おまえをすぐに連れて帰りたかったからな。愛ゆえだ」

言ってアーディルはゆっくりと抽挿を始める。

「ん……っ、あ、あ……」

蕩けた肉襞はアーディルの熱に擦られるたびに喜んで、体中へと悦楽を伝えていく。

自分の気持ちを――アーディルを好きなのだと憂い事を自覚した樹は、与えられる悦楽を素直に受け取り、自らも腰を揺らしてくみ取れるだけの悦楽を享受する。

「中が…凄いな……吸いついて離れない」

「……っあ、あ…、そこ…あ、いい、あ、あっ」

浅い場所にあるいい場所を執拗に擦りたてられ、樹は急速にせりあがってくる熱に呑み込まれた。

「ダメ…達く……あ、だめ、あ、あぁっ」

ひくっと腰を震わせて樹は三度目の絶頂にかけのぼる。

しかし、中にアーディルを咥えたままの体はそれだけで終わるつもりはないらしく、樹はアーディルに縋りついて、無意識に腰を揺らした。

「あぁっ、あ、あ……、中…や、ぅ…あ、あ」

「達ったままだな……ビクビクして…締め付けてるのに、柔らかい」

アーディルはうっとりと樹の痴態を眺めながら、大きく腰を使った。

「や……擦れる…、あ、だめ、また……」

「何度でも達け。ずっとつきあってやる」

ぐちゅぐちゅと濡れた水音を立てながら、激しく出入りするアーディルの熱に樹は我慢のしようもなくまた絶頂へと飛ばされる。

「や……、あ、あぁ、あ……!」

「もう、無理か?」

「ん…、あ、だめ、あ、ぁ」

がくがくと頷きながら、樹は己の限界を伝える。

その様子にアーディルは逃すまいと巻きつく肉襞を乱暴に思えるほどの動きで引き剥がすようにして自身を引くと、そのままひときわ奥まで自身を突きいれた。

「あああぁっ!」

「——っ」

きつく窄まって搾《しぼ》り取るように蠢く肉襞の動きにアーディルは自身を開放した。

「ぁ……、あ、あ…」

「樹…」

ひくひくと体を震わせ、立て続けの絶頂を味わっていた樹が、ようやく果てを迎えて体を弛緩させる。

荒く息をついで、脱力しきったままの樹の額にアーディルは恭しく口づけると、

「少し休ませてやるが…まだつきあえ」

甘い声で、淫らで残酷な宣告をしたのだった。

◇◆◇

「もう……触らないで下さいってば」

指一本動かすことさえ億劫になるまで散々つきあわされた樹は、再び腰のあたりを妖しく這いまわり始めたアーディルの手に眉を寄せる。

「触るくらいは許せ」

「触るだけですからね」

樹は念押しした後、

「……今週中に俺、一度日本に戻ります」

そう言った。その言葉にアーディルはあからさまに不愉快な表情を見せた。

「どうして日本に戻る必要があるんだ」

気持ちが通じ合って、何も問題はないはずだと言いたげなアーディルに、樹は極めて冷静に言った。

「短期間の出張っていうか出向っていう扱いでこっちに来てるんですよ、俺。家族だっていい加減不審がります。……こっちで暮らすための準備とかもあるし…」

「こっちで、暮らす？」

まさか樹がそんなことを言いだすと思っていなかったのか、アーディルは驚いた顔を見せた。

「王子様に日本で暮らせっていうのは、無理でしょう？」

樹はそう言った後、

「こっちに来ても誰も不審に思わないような大義名分を一緒に考えて下さいね？」

と笑う。

その笑みに見惚れながら、アーディルはまんざらでもない様子で頷いた。

ハレムの夜はまだこれからだが、樹はアーディルのその表情を脳裏に焼き付けてゆっくりと目を閉じた。

寵姫は獣に狙われる

CROSS NOVELS

日本への一時帰国を終えてアーディルの元へ戻ったその週の末、樹《いつき》はエルディアの隣にあるシャルザーハルという国の、ある王族の持ち物だという離宮にいた。

無論、女装で。

「樹、そう仏頂面をするな」

その離宮の大広間で開かれているのは、アーディルの友人が主催のお茶会だった。お茶会と言っても参加者はみな王族かそれに次ぐクラスの者たちばかりが、それぞれにパートナーを伴《ともな》って来ているという豪華なものだ。

再び女装で外に出るなど絶対に嫌だ！　と会への参加を拒んだ樹だったが、すでに樹がいない間に招待状の返事は参加で出されており、珍しくアーディルに下手に出られて断り切れなかったのだ。

だが、どうしても仏頂面にはなる。

「目しか見えていないのに、どんな顔をしているか分かるんですか？」

砂漠を旅した時と同じく、ベールをかぶり、目だけを出している。そんな状態では表情など分からないと思うのだが、

「不思議なことに。愛の力というべきか？」

などとアーディルは笑い、

「素顔のおまえも美しいが、化粧《けしょう》を施《ほどこ》したおまえはまるで百本の薔薇よりも美しく人目を奪う」

甘い口調で口説いてくる。

「ザーラさんが頑張ってくれたからですよ」

ゆっくりとした日程で、ということでとんぼ返りではなく離宮から十五分ほどのところにあるホテルに部屋を取り、そこで準備をしてきたのだが、もちろんその準備はお供してきてくれたザーラだった。

前日のパックから始めるという念の入れようで、以前砂漠を旅した時よりも念入りに化粧をしてくれた。

そして、繊細な刺繍《ししゅう》と宝石が印象的にあしらわれた、とても美しい衣装を選んでもくれた。

これについては、もっと地味な方がいいと樹は言ったのだが、

『あまり地味なものを選ぶと、悪目立ち致しますわ。そこそこ華美なものでないと！』

と言って聞き入れてくれなかったのだ。あくまでも樹のためだと思いたいのだが、ザーラの姿がとても嬉々としているように見えた気がして仕方がなかった。

「とりあえず、挨拶ラッシュはすんだ。少しはゆっくりできるだろう」

メインとなるお茶会の会場は大広間で、二十数組の客がそれぞれに知り合いたちと輪になって話をしていた。茶会と言っても、立食形式のパーティーのようだ。

到着直後の挨拶ラッシュを、アーディルの隣で黙って頷いたり、短い挨拶をする程度で何とかやり過ごしたところだった。

「そうも言ってられないみたいですよ」

樹の言葉通り、一人の男が二人へと近づいてきた。年齢は四十手前くらいだろうか。肉付きのいい、恰幅のある男だ。

アラビア語で親しげにアーディルと二言三言、言葉を交わした後、視線を樹へと向けた。それに気づき、アーディルは英語で樹に話しかけた。

「樹、今日の主催者のザイード殿下だ」

アーディルが英語で話しかけたことで、樹がアラビア語を解さないことは分かったのだろう。ザイードも英語で話掛けてきた。

「初めまして。あなたが、アーディルのハレムに入ることを許されたという方か。皆で噂をしていたんだ、あのアーディルがハレムに初めて入れた相手というのはどんな方かとね。なるほど、星のような瞳をしていらっしゃる」

目しか見えないのだから、目を褒めるしかないだろうと思うが、樹は細い声で、ありがとうございます、とだけ答えた。

「奥ゆかしい方だな」

ザイードがそう言って笑った時、広間に新たな客が入ってきた。その人物を目にした途端、

「殿下、今日、彼は来られないはずでは?」

アーディルはザイードに聞いた。

「ああ、最初は。だが、一昨日、スケジュールが空いたからと連絡があってね。どうかしたのか？」

ザイードの言葉にアーディルは頭を横に振る。

「いや、来られないと聞いていたから、どうしてかと思っただけだ」

アーディルはそう言った後、樹へと目をやる。その目には困惑が見て取れた。

なぜなら、新たに到着した客は、樹も知っている人物だった。

例の変態――ではなく、好色《こうしょく》で知られているというアハマド殿下だったからだ。

「樹、向こうの窓から見える庭園は素晴らしい。少し、見に行こう。では殿下、また改めて」

アーディルは自然な様子で樹を伴い、ザイードから離れた。そして窓辺に近づきながら小声で言った。

「アハマド殿下がいないというから、樹を連れてくることにしたのに。樹、充分殿下には気をつけろよ」

「気をつけろって……。心配しすぎだと思うけど」

昼間だし、人だってたくさんいる。そんな中ではいくら好色な人物といっても、そうそう手だしなどしてはこないと思う。

「用心するに越したことはない。私もできるだけ樹のそばから離れないようにはするが……」

その言葉通り、アーディルはほとんど樹のそばにいた。

アハマドとの挨拶にしても、ザイードの時と同じように、樹はほとんど口を開かなかった。アハマドも通り一遍の挨拶をした程度で、特に樹に興味を持ったような気配はなかった。

——やっぱり心配しすぎなんだよ、アーディルは……。

樹にとっての問題は、アハマドよりも自分が男だとばれないかどうかだ。

こういう場ではずっとアーディルがそばにいる、というのも実は難しい。女性は女性だけで集まって話をしていて、男は男で固まって話を始めるからだ。

樹は不自然ではない程度にそっと女性たちの輪の近くで、時折適度に会話に参加しながら時間がすぎるのを待つ。最初は誰もがアーディルとの出会いや、樹自身のことなどについて聞きたがったが、彼女たちは英語は片言程度しか話せず、細かいニュアンスまでは理解できない。樹自身が無口を装っているのとで、そのうちその場にいるだけになった。

そうなれば女性たちの会話はほとんどがアラビア語だけになり、そして、樹は彼女たちがおしゃべりに夢中になっているうちにそっと輪を抜けて、広間の外に出た。

「疲れる……」

正体を偽《いつわ》ってその場にいる、というのは酷く疲れる。できれば早く帰りたいが、いつの間にか男たちは広間を後にしていて、アーディルも姿が見えなかった。

「早く帰りた……」

「どうかなさいましたか？」

その言葉に樹ははっとした。なぜならその声はアハマドのものだったからだ。

とはいえ、逃げだすわけにもいかず、樹はゆっくりとアハマドの方へと顔を向けた。

アハマドは以前に会った時から計算すれば、今は四十歳を少し出たくらいの年齢のはずだ。だが、年齢よりも若々しく見え、今日ここに集まっていた男たちの中には腹がぽっこりと出たものも少なくないのだが、彼は鍛えているらしく、たくましいが決して太っているという印象はない。

「……いえ、少し一人になりたかったものですから」

裏声を使い、小さな声で呟くように言う。

「御気分が悪いわけでは？」

心配して聞いてくれるアハマドからは、アーディルから聞いたような好色さは感じられない。

前に会った時も、非常にフレンドリーでおもしろい人ではあったが、そういう感じはなかったから、アーディルが言う「好色」も噂なんじゃないかと、実は樹は疑ってもいた。

――実際にアーディルが見たって言うなら、アーディルだってそういう場所に出入りしたってことなんだし。

男女問わずの乱れた宴に獣姦などと言っていたが、あったとしても話し半分程度でいいんじゃないかなと思うのだ。

「大丈夫です、ありがとうございます。どうぞお気遣いなく」

「お気遣いなくと言われても、美しい御婦人が一人で佇《たたず》んでいらっしゃると気になりますね」

アハマドはそう言うと、

「熱帯魚はお好きですか？」

不意に聞いた。

「特別好きというわけではありませんが……」

「嫌いではない？　この離宮には素晴らしく大きな水槽がありますよ。ご覧になる価値はありますよ。男たちのプレイはまだ時間がかかりそうですから」

「プレイ？」

「ビリヤードです。あなたのアーディル殿下はとても素晴らしいプレイヤーですから、なかなか負けないでしょうね」

どうやらトーナメント戦でもやっているらしい。

「さあ、こちらへ。魚を見るときは余計なおしゃべりをする必要もありませんから」

アハマドはそう言うと先に歩きだす。それを拒否するのはとても失礼に思え、樹は少し迷ったもののアハマドの後についていった。

行き先は広間からは少し離れたところにある部屋だった。

その部屋には大きな水槽が二つとそれよりも少し小さな水槽が一つあり、それぞれに色とりどりの熱帯魚が優雅に泳いでいた。

「凄い……」

あしらわれた水草や流木のレイアウトが素晴しく、まるで水中庭園のようだった。

「種類としては珍しい物はいないそうですが、それでもこれだけの水槽だと映えるでしょう？」

「ええ…、本当に」

樹は水槽に目を奪われたままになる。

部屋には大きな窓があるが、北向きなのか室内はほんのりと明るいという程度だ。だが、却ってそれくらいの光の中だからこそ、水草の揺らめきや、魚の尾ひれの動きなどが幻想的に映った。

しばらく言葉もなく樹は水槽を見つめていた。その樹の様子を見ていたアハマドは、静かに切り出した。

「あなたは日本の方だとか？」

それに湊はアハマドを見た。

「ええ、そうです」

「日本では顔を隠すという習慣はないでしょう？　殿下の命ですか？」

「エルディアの女性は、外ではそうするのが一般的だと伺っていますから」

「つまり、殿下以外には顔をお見せにならない、というわけですか」

アハマドはそう言いながら、ゆっくりと樹に近づいてきた。

「殿下は華やかな噂にはこと欠かない方でしたが、ハレムに女性を迎え入れたことがないのでも有名でした。遊び相手と結婚相手は別なのだろうと皆で話していたんですよ。その殿下が初めてハレムに女性を迎えられたと聞いて、どんな方かと思っていたんですが……これほど美しい方とは。どうりで、殿下がなかなか私たちにお披露目をして下さらないはずだ。あなたの美貌を独り占めなさっているというわけですね。こうして、ベールも取らせず……」

穏やかな笑みを浮かべてはいるが、アハマドから漂う雰囲気は先程までの親切な紳士という様子ではなくなっていた。

甘く、どこか淫靡なものが漂い、樹は身を強張らせる。

「そのベールの下の花の顔を、殿下に内緒で見せてはいただけませんか？」

魅惑的な声と表情でアハマドが樹へと手を伸ばす。樹は後ずさろうとしたが、アハマドは決して強引ではなく優しく肩に手を回した。

「そんなに怯えないで下さい。何も罪を犯そうというのではないのですから」

樹は何もできなかった。だが、アハマドの手がベールにかかった時、樹ははっとして体をのけぞらせ、その手から逃れようとした。

「やめてくだ……」

樹の拒絶の言葉を言い終える寸前、突然部屋のドアが荒々しく開いた。

「そこで何をしている！」

その声と共に入ってきたのは、片手にビリヤードのキューを持ったアーディルだった。

「アーディル……」

助かった、と思ったのだが、ほっとする間などなかった。

近づいてくるアーディルの表情が恐ろしいほどに険しかったからだ。

「何をしていると言われても、美しいご婦人が一人で廊下に佇んでいらっしゃったので、退屈しのぎに水槽を一緒にご覧になりませんかとお誘いしただけのこと。あなたがビリヤードに興じていらっしゃる間にと思ったんですよ」

だがアハマドは動じた様子もなくそう言った。

「水槽を見るだけで、そんなに近づく必要が？」

言いざま、アーディルはアハマドの手から樹の体を奪うようにして抱きよせた。

「これを機に親しくさせて頂こうと思っただけですよ。あなたの妻となられる方なら、この先長いつきあいになりますから」

こういった修羅場に慣れているのだろう。アハマドはどこまでも落ち着いていた。

「親しいおつきあい、の範囲が私と殿下では随分と違うようです。今後、彼女には近づかないでいただきたい。――戒律《かいりつ》にのっとって」

睨みつけて言ったアーディルに、アハマドは肩を竦めた。

「本命ができると、人はこうも変わるものですか。同好の士だと思っていたのですが」

「あなたと一緒にしないでいただきたい。樹、行くぞ」

アーディルはそう言うと樹を連れて、強引に部屋を後にする。

廊下に出たところでアーディルとビリヤードを楽しんでいたらしい男と出くわしたが、アーディルはアラビア語で何か話し、男にキューを渡すとそのままエントランスに向かった。

「帰るんですか？」

「狼の巣窟にこれ以上おまえを置いておけるわけがないだろう」

そのアーディルの声には怒りが孕《はら》まれていた。

◇◆◇

ホテルに戻るなり、樹は出迎えのザーラの挨拶を受けることも返すこともできぬまま、寝室へと連れ込まれた。

そして乱暴にベールをはぎとられ、ベッドへと投げ飛ばされる。

「ちょっと…、乱暴がすぎますよ！」

帰路の車中でもまったく言葉はなく、よほど怒っているんだとは思ったが、説明さえもさせてもらえないままでこの所業はあんまりだと思った。

だが、アーディルは怒りのオーラを背負ったまま、樹にのしかかった。

「あの男には気をつけろと言っただろう。それをのこのこと……」

「断れなかったんです…。それに、昼間だし……いくら好色な殿下でも、人の離宮で昼間っから襲われることなんてないと思…ちょっと、殿下、待って……」

樹の説明さえ聞かず、アーディルは服を脱がせにかかった。

「昼間だろうと、人の離宮だろうと、そんなことを気にする男じゃない……！」

「だからってあなたまで昼間っから何考えてるんですか！　ちょっ、本当に待って、や……っ！」

服の裾をたくし上げたアーディルの手が、そのまま内腿へと滑る。

「……っ、あ、あ」

手はゆっくりと内腿を滑り、自身へと伸びた。布越しにしっかりと捉え、そのままきつい愛撫を与え始める。

痛みを感じる寸前の強さで与えられる愛撫は、あっという間に樹を籠絡《ろうらく》した。

「ん……、あ、あ…」

「こんな感じやすい体でアハマド殿下と二人きりになるなんて、食べて下さいと言っているようなものだぞ」

その言葉に、樹は頭を横に振った。

「……んなことに…なったら…、触れられる前に……死にます…」

「樹…」

「あなた以外の男に触れられるなんて…死んでもごめんです……」

樹のその言葉に、アーディルは噛みつくような口づけをした。そして、手の中の樹にさらに強い愛撫を加える。

先端から滲んだ蜜は下着を濡らし、アーディルの指は蜜口に布地を食いこませるようにして強く擦りたてた。

「い……っ…あ、あ！」

体を走り抜けた刺激に樹は頭を振り、甘い声を上げた。

「ビクビクさせて…。達《い》きたいか？」

「……きたい…」

樹はアーディルの首に両腕を回し、縋りつくようにして耳元で小声で答えた。

その仕草と返事はアーディルの好みにかなったらしい。

アーディルは下着を押し下げると自身を直にとらえ、そのまま強くしごき立てた。

「あ……っ、あ、あ！」

巧みな指の動きに樹はあっという間に追い上げられ、ラシードの手に蜜を放った。ラシードは全てを絞り取るように、達しているさなかの樹にも愛撫を与え続け、最後の一滴までを指に絡めると、その手を後ろへと伸ばした。

「こっちにはまだ一度も触れていないのに、ひくついているぞ」

からかうようなアーディルの声に、樹は眉を寄せながらも、

「殿下が…そうなるようにしたんでしょう……」

甘い声で告げた。

「ああ、そうだな。全て私好みだ」

言葉と共に指が樹の体の中へと入り込んでくる。指が中を穿つだけでも樹の体を快感が駆け抜けるが、それ以上の悦びを得る方法を樹の体は教え込まれていた。

指が増えるに従って樹の体は最後に与えられるものへの予感に震えだす。

「…っ……殿下…、もう…」

「我慢ができないか？」

その言葉に樹は小さく頷いた。その様子にアーディルは薄く笑みを浮かべると樹の中から指を引き抜いた。

そして途中で中途半端に引っ掛かったままの下着を足から引き抜くと、大きく足を開かせる。

下肢を露わにされた状態に羞恥心が湧き起こり、樹は唇を噛んだ。

アーディルは簡単に自身の前をはだけると猛った己を取り出し、柔らかく解けた蕾へ先端を押しつける。

「ぁ……あ、あ、ああっ」

指よりも確かなものが体の中へと入り込み、肉襞を擦りたてながら奥へと進む。その甘美な刺

激に樹の体は大きく何度も震え、自身から蜜を垂れ流した。

「トロトロになっているな…。ほら、ここを擦られるのが好きだろう?」

アーディルは樹の最奥で腰を回した。

「ん……っ…あ、あ、ああっ！　だめ、あ、あ」

腰奥から湧き起こる蕩けそうな悦楽に、樹の体が跳ねた。

「何度でも出せばいい……まだ、夜にさえなっていない…」

時間はいくらでもある、と続けられると同時に強く中を穿たれ、樹は再び自身を開放する。

だが、体の中に感じる猛ったままのアーディルの熱は、樹が落ち着くのを待つこともなくゆったりとした律動を刻みはじめ、樹をさらなる悦楽へと導いていった。


二日後、エルディアへと帰る専用機の中で、樹は仏頂面でシートに体を埋めていた。

「またそんな仏頂面を。美しい顔が台無しだぞ」

「仏頂面させてるのは殿下です！」

そう言うと、ふんっ、と顔を背ける。

あの後、夕食さえ無視して、夜中すぎまで体を貪られた樹は、翌日、立ち上がることもままならず、一泊だけの予定が二泊になってしまっていた。

「そうやって私だけの責任にするつもりか？　私を誘惑したのはおまえだぞ？」

アーディルのその言葉に樹は両手で耳を押さえ、不貞寝を決め込んだ。

そんな二人の様子を、ザーラは『まあ、ケンカするほど仲がいい、の典型ですし』という面もちで見つめ、リヤードはいつものポーカーフェイスながら、狂った一日分の予定の帳尻合わせのためには多少はアーディルに過酷なスケジュールをこなしてもらって、早々に取り返そう、と考えていたのだった。

あとがき

猛暑っていうより酷暑だと、実感したクーラーのない部屋で過ごす女、松幸《まつゆき》★デラックス……もとい、本気で体重のデラックス化が止まらない松幸かほです。

まあ、暑い暑いと言いながらも食欲が落ちなかったので、デラックス化も理解できるんですが……（撃沈）。

そんな猛暑の中、砂漠ものを書かせていただきました。我儘な王子様に振り回される美女。そして、王子様よりも多分強い侍女（笑）で、今回のお話は構成されております。

書いていて楽しかったのですが、なぜか随分と時間がかかってしまって……誤字脱字も半端なく酷かったです……。

そんな訂正前原稿にもかかわらず、読んで下さり、麗しいイラストを付けて下さったのは祐也《ゆうや》先生です。

ラフをいただくと担当様から電話があるのですが、お互いに美しいイラストにノックアウトされ、きゅんきゅん言いまくって電話越しに不審者状態（笑）でした。

表紙も、シーンイラストもそれぞれ何パターン化候補を下さったのですが……選べというのが酷です、祐也先生！　というくらいにどれも素敵で、なんて贅沢な悩みだろうと思いながら選ばせていただきましたが、本当にありがとうございました。

もし、またどちらかでお目にかかれる時には……今度はもう少し誤字脱字の少ない原稿をお送りできたらと思います……。

さて、猛暑に水分を奪われた私の肌。ズタボロになってます。ローションパックで回復してくれるんだろうか……。正直シミとかシワとか、年を重ねるごとに戦々恐々としております。無駄な努力だとうすうす感づき始めてもおりますが（涙）もう少しだけあがいてみようと思います。

そんなこんなで、今回もなんとかあとがきまでたどり着けました。

いつも読んで下さる方、今回初めて手に取ってくださった方、全ての皆様に感謝致します。これからも頑張りますのでよろしくお願いします。

二〇一〇年　台風後ちょっと涼しくなった九月中旬　松幸かほ

CROSSNOVELS好評配信中！

携帯電話でもクロスノベルスが読める。電子書籍好評配信中!!
いつでもどこでも、気軽にお楽しみください♪

QRコードで簡単アクセス！

支配者は罪を抱く

松幸かほ

この世の誰よりもおまえを愛している

皇一族総帥・飛鷁に仕える小陵には、幼い頃の記憶がない。そんな彼にとって、深い愛情で自分を育ててくれた飛鷁が世界の中心だった。だが、飛鷁の周りに花嫁候補が現れる度に胸が痛むようになった小陵は、その感情が恋だと気づく。
「私は……とても悪い男だぞ。それでも好きか？」
悲しげに問う飛鷁の真意を読み取れない小陵は、彼の巧みな愛撫にただ溺れてしまった。しかし数日後、失った記憶に飛鷁が関わっていたと知って――!?

illust しおべり由生

白鷺が堕ちる夜【特別版】

松幸かほ

ひと夜の値段は一億円――

日舞桃井流の師範代「花鶯」の名を持ちながら、サラリーマンとして生活する晴己は、ある日突然、新社長クラウスの秘書補佐に任命される。ドイツからやって来た新社長は、六年前、実家への援助の代わりに一晩だけ身体を重ねた相手だった……。愛人になるという条件を反故にし逃げた晴己に、再会したクラウスは見返りを要求する。繰り返されるのは、「好き」という愛の言葉。クラウスの真意が分からず、混乱する晴己だが!?

illust 緒田涼歌

海神《わだつみ》の花嫁

松幸かほ

月満ちる時、金魚は花嫁となる。

19歳の夏休み、離島に住む祖母の元を訪れた和沙は、自分が島で海神の化身と崇められている青年・浄夏の花嫁だという事を知らされる。13年前、祭りの夜に約束をしたというのだ。驚く和沙だったが、婚礼儀式は島の大事な行事のひとつで形式だけだという言葉に、花嫁になることを承諾する。しかし初夜の晩、気づくと部屋中にはいつも浄夏が纏っている甘い香りが漂い、身体の奥に感じるのは熱い疼き。さらに浄夏から情熱的な愛撫を与えられた和沙は……。

illust 高野優美

CROSS NOVELSをお買い上げいただき
ありがとうございます。
この本を読んだご意見・ご感想をお寄せください。
〒110-8625
東京都台東区東上野2-8-7　笠倉出版社
CROSS NOVELS 編集部
「松幸かほ先生」係／「祐也先生」係

CROSS NOVELS

砂漠の蜜愛

著者
松幸かほ

2010年10月22日　初版発行　検印廃止

発行者　笠倉嗣仁
発行所　株式会社　笠倉出版社
〒110-8625　東京都台東区東上野2-8-7　笠倉ビル
[営業]TEL　03-3847-1155
FAX　03-3847-1154
[編集]TEL　03-5828-1234
FAX　03-5828-8666
http://www.kasakura.co.jp/
振替口座　00130-9-75686
印刷　株式会社　光邦
装丁　鈴木恵(imagejack)
ISBN　978-4-7730-8527-3
Printed in Japan